책 을
읽 는
방 법

本の読み方 スロー・リーディングの実践
HON NO YOMIKATA SLOW READING NO JISSEN
By HIRANO Keiichiro

Copyright ⓒ 2006 by HIRANO Keiichiro
All rights reserved.
Originally published in Japan by PHP KENKYUJO, Japan
Korean translation rights arranged with HIRANO Keiichiro
through THE SAKAI AGENCY and ERIC YANG AGENCY.
Korean translation rights ⓒ 2008 by MUNHAKDONGNE Publishing Corp.

이 책의 한국어판 저작권은 THE SAKAI AGENCY와 ERIC YANG AGENCY를 통해
저자와 독점 계약한 (주)문학동네에 있습니다.
저작권법에 의해 한국 내에서 보호를 받는 저작물이므로
무단 전재와 무단 복제를 금합니다.

이 도서의 국립중앙도서관 출판예정도서목록(CIP)은 서지정보유통지원시스템
홈페이지(http://seoji.nl.go.kr)와 국가자료종합목록 구축시스템(http://kolis-net.nl.go.kr)에서
이용하실 수 있습니다. (CIP제어번호 : CIP2008000524)

히라노 게이치로의 슬로 리딩

김효순 옮김

책 을 읽 는 방 법

문학동네

들어가며—책은 어떻게 읽어야 할까?

주위에 휩쓸리지 않는 자신만의 독서를

요즘은 어린아이고 어른이고 할 것 없이 눈에 띄게 책을 읽지 않는다는 이야기를 자주 듣는다. 그 원인은 사회, 부모, 학교, 텔레비전, 게임, 인터넷의 영향 등 다양할 것이다. 그것들은 각각 나름대로 곰곰이 생각해봐야 할 일이다. 한편 그 대책으로 무엇을 읽어야 하는가에 대한 책 소개도 눈에 많이 띈다. 이 역시 잡지의 신간소개 코너에서 대학 교수진이 편집한 필독서 가이드에 이르기까지 다양하다. 그러나 사람들은 책을 어떻게 읽어야 하는가라는 문제에 대해서는 의외로 무신경하다.

보통 사람들은 책을 읽는 방법을 굳이 남에게서 배울 필요는 없다고 생각할 것이다. 그러나 단순히 글을 읽는 행위와, 책이라는 형식으로 정리된 글을 읽는 행위는 결코 같은 것이 아니다. 책을 읽기 위해서는 요리나 자동차 운전처럼 나름대로 기술이 필요하며, 조금만 아이디어를 짜내도 독서의 즐거움은 배가 된다. 그럼에도 불구하고 우리는 그것을 누군가에게 배운 적이 없다. 그래서 누구나 자신만의 방법을 밀고 나간다.

책을 잘 읽지 않는 사람, 독서가 영 서툴고 고통스럽게 여겨지는 사람은 사실 독서법에 문제가 있는지 모른다. 혹은 지금까지 그냥 별 생각 없이 책을 읽어와서 특별히 문제 될 게 없다고 생각하는 사람도, 이 책을 계기로 다시 한번 독서법 자체에 대해 생각해본다면 지금까지와는 전혀 다른 방법을 발견하게 될지도 모른다.

이 책은 그러한 문제의식에서 출발하여, 무릇 책을 어떻게 읽어야 하는가라는 문제를 될 수 있는 한 알기 쉽게 설명할 목적으로 썼다.

그 기본 방침은 슬로 리딩의 실천이다. 따라서 이 책에서는 속독에는 철저히 반대 입장을 취할 것이다.

속독은 확실히 많은 사람들이 꿈꾸는 일일 것이다. 날마다 홍수처럼 쏟아져나오는 방대한 수량의 서적을 나오는 족족 읽어내어 그 정보를 효율적으로 자기 것으로 만들 수 있다면, 바쁜 일상에 쫓기는 생활도 틀림없이 '지적인 윤기'로 가득 찰 것이다. 사람들은 누구나 그렇게 생각한다.

실은 나도 오랫동안 '속독'을 동경했던 사람 중 한 명이다. 직업상 읽어야 할 책도 많았기에, 서재 한쪽에 쌓여 있는 책들을 볼 때마다 '빨리 읽을 수 있으면 좋을 텐데……' 하는 생각도 자주 했다. 실제로 나는 책을 상당히 느리게 읽는 편이다. 몇 번이나 마음을 먹고 속독에 도전했지만, 한 번도 성공하지 못했다. 천천히 꼼꼼하게 읽지 않으면 도무지 내용이 머릿속에 들어오지 않는다.

'나만 이렇게 읽는 속도가 느린 걸까?' 하고 고민하던 어느 날, 나는 용기를 내어 알고 지내는 작가들에게 물어보았다. 그랬더니 의외로 대부분이 '실은 나도 책을 느리게 읽는다'라고 대답했다. 다카하시 겐이치로(高橋源一郎) 같은 경우는 지금도 책을 읽을 때 책상에 똑바로 앉아 빨간 줄을 그으며 읽는다고 한다.

아마 현대작가 중에서 가장 부지런한 독서가인 오에 겐자부로(大江健三郎)도 속독은 절대 권장할 것이 못 된다며, 그것보다는 '다시 읽기(rereading)'를 주장하고 있다. 몇 년 전 간행된 그의 소설 『우울한 표정의 동자憂い顔の童子』에서는 등장인물

의 입을 빌려 노스럽 프라이가 언급한 바르트에 대해 다음과 같이 인용한다. "롤랑 바르트는 모든 진지한 독서는 '다시 읽는 것'이라 말한다. 이것은 꼭 두 번 읽는 것을 의미하는 것은 아니다. 그보다는 구조 전체를 시야에 넣고 읽는 것을 의미하는 것이다. 말의 미로를 헤매는 것이 아니라, 방향을 갖고 탐구하는 것이다."

우리는 날마다 대량 정보를 처리해야 하는 현대를 살고 있기 때문에, 책도 '되도록이면 빨리 많이 읽어야 한다'는 일종의 강박관념에 사로잡혀 있다. 말하자면 '속독 콤플렉스'다. 쉽게 속독을 할 수 있다면 더이상 말이 필요 없을 것이다. 항간에 난무하는, 속독법을 주장하는 책은 교묘하게 그러한 심리를 파고드는 내용으로 가득하다.

물론 때와 장소에 따라서는 빨리 읽는 것도 필요하다. '내일까지 대량의 자료를 읽고 서류를 제출해야 하는' 상황에서는 속독이나 통독은 불가피할 것이다. 그러나 그것은 단순히 일시적인 정보 처리일 뿐이지, 그 안에 담긴 내용을 충분히 이해하고 그 지식을 자기 재산으로 만드는 독서는 아니다. 그것은 단지 어쩔 수 없이 정보의 소용돌이에 휘말리는 것일 뿐, 자신의 인생을 오늘 지금 이 순간보다 더 풍요롭고 개성적인 것으로 만들기 위한 독서는 아니다.

독서를 즐기는 비결은 무엇보다도 '속독 콤플렉스'에서 해방되는 것이다! 책을 빨리 읽어야 할 이유는 전혀 없다. 책을 빨리 읽으려다보면 자연히 빨리 읽을 수 있는 얄팍한 내용의 책으로 손이 가기 마련이다. 반대로 천천히 읽으려 한다면 시간을 들여 읽을 만한, 내용이 있는 책을 선호하게 될 것이다.

물론 무턱대고 천천히 읽으면 된다는 것은 아니다. 처음에 말했듯, 여느 일과 마찬가지로 독서에도 역시 비결이 있다. 결코 어렵지만은 않은 그 비결을 터득한다면, 독서는 그것을 모르고 닥치는 대로 문자를 좇을 때보다 더 즐겁고 의미 있는 많은 것들을 가르쳐주고 인격적으로도 성장시켜줄 것이다.

이 책은 그 비결에 대해 쓴 책이다.

'슬로 리딩'이란 차이를 낳는 독서기술이다. 여기서 '차이'란 속도나 양의 차이가 아니라 질의 차이를 말한다. 특별한 훈련은 전혀 필요 없다. 그저 느긋한 마음으로 좋아하는 책을 읽으면서, 조금만 신경을 쓰면, 그것만으로도 내용 이해가 배가될 몇 가지 비결을 정리한 것이 이 책이다.

사회는 점점 더 빨리 돌아가고 있다. 그러므로 책도 그에 맞춰 빨리 읽을 것이 아니라, 오히려 그렇기 때문에 책만큼은 시간을 들여 천천히 읽어야 한다. 그렇게 바쁜 일상생활 속에서 자기 스스로 찾아내는 느긋한 독서시간은, 그것이 아무리 사소한 것이라도 유일무이한 인생의 여유가 될 것이다. 슬로 푸드가 제창된 지 이미 오래되었어도 먹고자 하는 원시적인 욕구도 충분히 만족시켜주어야 하듯이, 독서라는 지적 욕구 역시 충분히 만족시켜야 할 것이다.

반(反) '속독'이라는 의미를 지닌 '지독(遲讀)'은 야마무라 오사무(山村修)의 발상에서 비롯된 것이다(『천천히 읽기를 권함遲讀のすすめ』, 신초샤). 요즘에는 슬로 라이프나 로하스*처럼 라이프스타일을 재고하려는 경향이 있는데, 이 책에서는 독서에도 그에 걸맞은 포지션을 부여하고자 하는 의도에서 감히 같은 방법으로 '슬로 리딩'이라는 말을 사용하기로 했다.

이 책에서 말하는 독서란, 단순히 피상적인 지식으로 인간을 꾸며주는 것이 아니라, 내면에서부터 그 사람을 바꾸어 사려 깊고 현명하게 만들며 인간성에 깊이를 더해주는 것을 뜻한다. 그리고 무엇보다도 천천히 시간을 들이면 **독서는 즐거워진다**. 내가

---

* LOHAS. 건강과 지속가능성의, 혹은 그것을 중시하는 라이프스타일 (Lifestyles Of Health And Sustainability)의 약어. 건강이나 환경문제에 관심이 많은 사람들의 라이프스타일을 말한다.

하고 싶은 말은 그게 전부라고 할 수도 있다.

　무작정 활자를 좇는 빈약한 독서에서, 맛을 음미하고 생각하며 깊이 느끼는 풍요로운 독서로 나아가는 것. 이 책이 그에 일조할 수 있다면 저자로서는 더없이 행복할 것이다.

차례

제2부 매력적인 '오독'의 권장
슬 로 리 딩 테 크 닉 편

제3부 **동서고금의 텍스트를 읽다**
슬 로 리 딩 실 천 편

제1부 양에서 질로의 전환

슬로 리딩 기초편

슬로 리딩이란 무엇인가?

'슬로 리딩'이란, 한 권의 책에 될 수 있는 한 많은 시간을 들여 천천히 읽는 것이다. 책을 감상하는 데 걸리는 시간과 노력을 아까워하지 않고, 오히려 그 시간과 노력에서 독서의 즐거움을 발견하는 책읽기 방법이라고 일단 이해해두기 바란다. 슬로 리딩을 하는 독자들을 여기서는 '슬로 리더'라 부르겠다.

한 권의 책을 가치 있는 것으로 만드느냐 아니냐는 읽는 방법에 달려 있다. 예를 들어 해외에서 낯선 지방을 방문했다고 치자. 똑같은 장소라도 출장 때문에 찾아갔다가 자투리시간 한두 시간 동안 휙 둘러보는 것과, 일주일 동안 체재하면서 한손에 지도를 들고 꼼꼼히 체크하면서 돌아보는 것은, 그 이해의 깊이나 인상의 강렬함, 얻은 지식의 양에 큰 차이가 있을 것이다. 여행은 어딘가에 갔다는 사실 자체에 의미가 있는 것은 아니다(흔히 그것을 자랑하는 사람도 있지만). 그곳에 가서 그 지역의 매력을 얼마나 만끽하였는가 하는 데 진정한 의미가 있다.

독서 또한 마찬가지이다. 어떤 책을 속독하고서 별 재미를 느끼지 못한다면 시간에 쫓기는 여행자와 같다. 느긋하게 시간을 들여 체재한 사람이 "어, 그곳에 굉장히 맛있는 레스토랑이 있었는데! 안 가봤단 말이야? 거기 경치는 어땠어? 뭐, 제대로 보지도 못했다고?"라고 놀라며 딱하다는 듯이 말하는 것과 마찬가지로, 속독을 하면 슬로 리더가 즐긴 책 속의 다양한 장치나 의미심장한 한 구절, 절묘한 표현 등을 모두 놓쳐버릴 가능성이 있다. 속독 후에 남는 것은 단순히 읽었다는 사실뿐이다. 그렇기 때문에 슬로 리딩이란, 바꿔 말하면 득을 보는 독서, 손해 보지 않기 위한 독서라고 할 수 있다.

꼼꼼하게 책을 읽는다는 의미로 '숙독(熟讀)', '정독(精讀)'이라는 말이 있는데, 슬로 리딩이란 그러한 독서 태도를 포괄하는 것으로 이해하면 된다. 그 방법의 하나로 이 책에서는 작가의 시점에서 읽는 법, 작가가 된 기분으로 읽는 법을 소개하고 있다.

　내가 이 독서법을 권장하는 이유는 나 자신부터가 작가가 된 무렵을 전후로 책을 읽는 법이 많이 바뀌었고, 그에 따라 책에 대한 이해가 깊어졌음을 실감하고 있기 때문이다. 중고등학교 시절에 단순히 독자의 한 사람으로서 소설을 읽었을 때는 잘 알지 못했던 다양한 장치나 고안에 주의를 기울이게 되자, 나는 새삼 독서가 재미있게 느껴졌다. 실은 나뿐만 아니라 대부분의 작가들 역시, 다른 작가의 시점에서 책을 읽는다.

　추리소설을 좋아하는 사람은 마지막 수수께끼를 풀기 위한 '복선'에 주의를 기울이며 책을 읽는 습관이 있다. 숙련된 애호가는 그러한 복선의 패턴을 많이 알고 있기 때문에, 나중에는 마지막까지 읽지 않고도 결말을 눈치채게 된다.

　추리소설에서 명확하게 눈에 띄는 복선은, 실은 다른 장르의 소설에도 다양하게 깔려 있다. 뿐만 아니라 대부분의 논문이나 에세이도 그런 요소를 지니고 있다. 일반적으로 추리소설 이외의 장르에서는 수수께끼를 푸는 것이 독서의 최종 목적은 아니다. 그렇기 때문에 이들 장르의 복선은 반드시 구체적인 결말과 관련되지 않아도, 작자가 독자에게 호소하고 싶은 내용이나 등장인물의 섬세한 감정의 흐름 등 플롯과는 상관없는 것까지 준비하는 경우가 있다. 앞 장면에서 등장인물이 보여준 사소한 몸짓이 다음 장면의 언동의 의미를 좌우하는 것처럼 말이다. 그러한 복선은 놓쳐버리더라도 추리소설의 수수께끼처럼 이야기의 진행에 크게 걸림돌이 되지는 않는다. 그래서 속독을 할 때는 놓쳐버리는 경우가 많다.

그러나 독서를 지금보다 즐겁게 하고 싶다면, 먼저 **작자가 준비해둔 장치나 고안을 잘 찾아내는** 일부터 시작해야 한다.

작가의 타입에 따라 다르겠지만, 예를 들어 미시마 유키오*는 다양한 기교에 대해 매우 자각적인 작가였기 때문에, 슬로 리딩을 하게 되면, 이런 생각까지 했구나, 하고 감탄할 정도로 세심한 장치가 눈에 많이 띈다. 그러나 그 대부분은 독자들이 제대로 알아차리지 못한 채 매장된 보석처럼(!) 지금도 소설 여기저기에 잠들어 있다. 우리는 그 일례를 제3부에서 『금각사金閣寺』를 통해 다룰 것이다.

물론 나 자신도 소설을 쓸 때는, 다른 사람들이 들으면 웃긴

---

* 三島由紀夫, 1925~1970. 20세기 서구문학의 문체와 방법을 배워 질서와 신화를 지향하고 순수일본원리를 모색했다. 45세의 나이에 자위대의 궐기를 주장하며 할복자살하여 적지 않은 충격을 던졌다. 대표적인 작품으로 『가면의 고백』『금각사』『풍요의 바다』 등이 있다.

다고 할 만큼 세세한 곳까지 여러 가지로 신경을 쓰고 있다. 그런 것은 단순한 자기만족이 아니냐는 사람들도 있을 것이다. 그러나 독자들의 감상을 읽다보면, 그런 것들까지 정확히 짚어내고 그만큼 소설을 보다 깊이 이해하고 즐겨주는 사람이 반드시 있음을 알 수 있다. 반대로, 슬로 리딩을 하면 충분히 이해할 수 있는 사항을 독자들이 놓치고 있다는 사실을 알게 될 때는, 매우 안타까운 기분이 든다.

쓰는 사람은 누구나 읽는 이들이 자신의 책을 슬로 리딩할 것이라는 전제하에 글을 쓰는 것이다.

'양'의 독서에서 '질'의 독서로

서점을 찾았다가, 매일 홍수처럼 쏟아지는 신간에 어안이 벙벙해졌던 경험은 누구나 있을 것이다. 요즘은 아마존 광고 메일로도 신간정보가 끊임없이 들어온다. 도대체 무엇을 읽어야 하고 무엇을 읽지 말아야 할지 알 수가 없다. 선택 가능성이 늘었다고는 해도 감당할 수 있는 데는 한도가 있는 법이다. 그 결과, 평판이 좋은 베스트셀러나 읽어볼까, 하고 생각하게 된다.

우리는 몇 년 전에 비해 훨씬 용이하게, 훨씬 많은 책을 손에 넣을 수 있게 되었다. 그러나 그 덕분에 우리가 옛날 사람들보다 지적인 생활을 한다고 할 수 있을까? 아무래도 그건 아닌 것 같다.

왜일까?

구텐베르크가 활판인쇄술을 발명하기까지 서적은 당연히 손으로 씌어진 것이었고, 그만큼 귀중한 것이었다. 그리고 당시에는 일반적으로 책이 거의 유통되지 않았다. 그래도 당시 사람들은 그 적은 정보만을 가지고 오늘날에도 통용되는 깊은 사색을 했다. 칸트나 헤겔이 평생 동안 독파한 책의 권수가 지금의 기준으로 보면 의외로 적다고 해서, 그들을 무지하고 어리석은 인간이라 평가하는 사람은 없을 것이다.

책만이 아니라 음악의 세계도 마찬가지이다. 재즈 뮤지션 마일스 데이비스는 어렸을 때 레코드를 세 장밖에 가지고 있지 않았다. 음악은 라이브 연주 아니면 라디오로 들을 수밖에 없었다. 그런 식으로 따져보자면 20세기 이전의 클래식 음악가들이 평생 들을 수 있었던 곡의 수가 지극히 한정되어 있었을 것이다. 지금의 클래식 마니아의 몇십분의 일, 몇백분의 일 정도였을지도 모른다.

그러면 현대는 어떠한가? 친한 친구가 프로 뮤지션이 되고 싶어한다고 치자. 그가 '하지만 시디는 세 장밖에 없어'라고 한다면, 누구든지 '너, 냉정하게 다시 한번 생각해봐' 라고 말하고 싶어질 것이다. 우리는 일정 수준의 정보를 수중에 갖추지 않으면 아무것도 할 수 없는 세상에 살고 있다. 그러나 이 시대의 문학이나 음악이 그만큼 질적으로 풍부해졌느냐고 하면, 누구든 대답에 망설일 것이다.

요컨대 옛날 사람들은 모두 슬로 리더였고 슬로 리스너였던 것이다.

내 개인적인 경험을 돌이켜봐도 중고등학교 시절에는 경제적인 여유가 없었기 때문에, 월초에 용돈을 받아 갖고 싶은 책과 시디를 사고 나면 곧 지갑이 텅 비었고, 그후에는 다음달까지 줄창 같은 책을 읽고 같은 시디만 들었다. 그러나 그 시절에 만난 소설이나 음악은 아직도 세부까지 또렷하게 기억이 나며, 나 자신에게 큰 영향을 미쳤기에 특별한 애착이 느껴진다.

그러나 어른이 되고 나서 한꺼번에 스무 장씩 사들여 트랙을 건너뛰며 들은 앨범이나, 필요에 임박해 그냥 속독을 한 책 중에는 거의 내용조차 제대로 기억나지 않는 것들이 있다. 이것은 무의미하다는 생각을 넘어 안타까운 기분이 들 정도다.

우리는 분명 예전 세계로 돌아갈 수는 없다. 이는 명백한 사실이다. 그리고 아마 앞으로도 지금 이상으로 대량의 정보에 둘러싸여 생활하게 될 것이다. 우리가 그 모든 것을 망라할 필요도 없고, 망라할 수도 없다. 물론 여러 가지 타입의 책을 읽는 것은 중요하다. 자신만의 취향을 고집하며 현재의 자신을 긍정하는 책만 읽는다면 시야는 점점 더 좁아질 것이다. 그러나 독서량은 자신이 무리하지 않고 읽을 수 있는 범위, 즉 슬로 리딩이 가능한 범위로 충분하며, 그 이상은 무의미하다.

정보의 항상적(恒常的) 과잉공급사회에서 진정한 독서를 즐기기 위해서는, '양'의 독서에서 '질'의 독서로, 망라형 독서에서 선택적 독서로 발상을 전환해야 한다.

일/시험/면접에도 도움이 된다

슬로 리딩은 책을 읽는 습관을 지닌 사람한테만 중요한 것은 아니다. 본질적으로 책을 읽지 않는 사람에게도 중요하다. 왜냐하면 그것은 언어를 제대로 이해하는 기술이기 때문이다.

바쁜 사회인에게 슬로 리딩 시간은 가장 부담 없고 저렴한 평온의 시간이다. 특별한 장소도 필요 없고 특별한 상대도 필요 없다. 그것은 평소에는 가장 소원한 사람, 즉 '자기 자신'과 마주하기 위한 시간이다. 일이 바쁘다며 좀처럼 책을 읽을 시간을 내지 못하거나, 읽는다 해도 비즈니스 관련 서적뿐인 경우도 있을 것이다. 그것은 그 나름대로 의미가 있겠지만, 역시 업무의 일환임에는 변함이 없다. 정작 중요한 자기 자신은 제쳐두게 되는 것이다. 하루 중 아주 잠깐이라도 슬로 리더가 되어본다면 그것은 공사(公私)에 걸쳐 자기 자신을 잃지 않을 수 있는 근거가 된다.

한편 슬로 리딩 기술은 업무에도 응용할 수 있다. 슬로 리딩으로 독서의 비법을 익히게 되면, 설령 속독이 필요한 경우라도 어떤 점을 주의해서 읽어야 하는지 알기 때문에, 오독을 줄이고 뜻하지 않은 실수를 예방할 수 있다.

또한 작자의 시점에서 하는 독서는 실제로 말을 할 때에도 위력을 발휘한다. 메일 쓰기, 상대를 설득해야 하는 상황, 또는 회의 프레젠테이션 같은 다양한 경우에 어떻게 말하는 것이 효과적인지, 그리고 단순히 상대를 일시적으로 납득시키는 것이 아니라 자신이 진심으로 전달하고 싶은 내용을 이해시키기 위해서는 어떻게 해야 하는지를 생각하는 데 필요한 방법을 제공할 것이다.

슬로 리딩은 수험공부에도 응용할 수 있다.

사실 나는 고등학교 때 국어 점수가 별로 좋지 않았다. 스스로를 어느 정도 '문학소년'이라 생각하고 있었기 때문에 그 이유가 무엇인지 항상 고민했다. 그런데 어느 날 문득 이런 사실을 깨달았다. 나는 시험문제의 본문과 문제를 별개의 것으로 보고, '본문의 작자'의 의도를 이해하고자 노력했던 것이다. 예를 들어 시험문제에서 고바야시 히데오(小林秀雄)의 문장이 거론되었다고 치자. 보통은 누구든지 본문을 읽고 고바야시 히데오가 무슨 말을 하려 하는지를 생각할 것이다. 그리고 그에 따라 질문에 답할 것이다. 그런데 내가 나름대로 고민하고 쓴 답안은 ×나 △를 받는 경우가 많았다.

나는 화가 났고, 곧잘 채점자의 해석이 잘못된 게 아닐까 하고 생각했다. 실제로 모범답안에 납득이 가지 않는 경우도 많았다. 하지만 그런 말을 해봤자 계속해서 낮은 점수를 받을 뿐이다. 그래서 나는 시험 때마다 모범답안 및 해설을 슬로 리딩하기로 결심했다. 그리고 그후에야 시험이라는 것이 어떤 것인지를 뒤늦게나마 깨달을 수 있었다.

국어 시험을 슬로 리딩한다면, 그 작자는 누가 될까? 위의 예로 말하자면, 결코 본문의 작자인 고바야시 히데오는 아니다. 당연히 문제의 출제자이다. 학교 국어 교사, 재수학원 모의고사 출제자, 대학입시 출제자이다.

그래서 나는 언제부턴가 본문과 문제를 하나의 연속된 문장으로 보고 읽기로 했다. 시험은 본문이라 할 수 있는 고바야시 히데오의 문장을 독해할 것을 요구하는 것이 아니라, 출제자가 고바야시 히데오의 문장을 인용하여 그 자신의 주장을 하는 것이라고 발상을 전환하게 된 것이다. 이 사실을 깨닫자 내 국어 성적은 순식간에 상승했다.

왜 고바야시 히데오를 선택했을까(독서경험이 풍부한 사람이라면, 시험에서 고바야시 히데오를 다루고 싶어한다는 점에서 이미 출제자의 이미지를 대충 파악할 수 있을 것이다), 왜 굳이 그 부분을 다루었을까, 왜 이곳에 밑줄을 그었을까, 그것은 수험생에게 어떤 해답을 기대하고 있는 것일까…… 그렇게 철저히 출제자의 시점에서 시험문제를 읽어가다보면, 어떻게 답을 써야 할지가 분명해진다.

설령 출제자가 고바야시 히데오를 잘못 이해했다고 생각하고 자신이 옳다고 믿는 고바야시 히데오에 대한 해석을 답안지에 써봤자 소용없다. 그래서는 점수를 받지 못하게 되어 있다. 국어 시험이란 그런 성격의 것이 아니다. 어디까지나 출제자가 고바야시 히데오를 어떻게 이해하고 있는지를 생각해야 한다.

그러면 울분이 쌓이지 않겠냐고 생각할지도 모르겠지만, 이것도 하나의 훈련이다. 이런 식으로 제일 먼저 상대의 주장을 정확히 이해하는 습관을 들이면 사회에 나가 다른 사람들과 논쟁해야 하는 상황에서도 냉정하게 대처할 수 있게 된다.

일단 아무리 이상한 주장이라 생각돼도 가만히 참고 상대의 발언을 슬로 리딩한다. 그리고 자신에게 발언 기회가 돌아오면 반론하기에 앞서 우선—텍스트를 통해 쌓은 실력을 발휘하여(!)—'그러니까, 이런 뜻이죠?'라고 상대방의 주장을 정중하게 요약하고, 여유가 있다면 부족한 부분까지 보충해준다. 그때 '지금 하신 말씀은 매우 중요한 지적입니다' 하고 한마디 덧붙여주면 분위기는 더 부드러워질 것이다. 요컨대 상대에게 자신이 그의 주장을 제대로 이해하고 있음을 전하는 것이다. 그런 다음 이번에는 '하지만' 하고 최선을 다해 자신의 설을 전개한다. 그렇게 하면 단순하고 거친 마구잡이 반론자라는 거부감을 사지 않고, 상대방이나 주위 사람에게 진정 총명한 사람이라고 존경받게 될 것이다(나는 심포지엄에서 곧잘 그런 사람을 보아왔다). 이와 같은 테크닉에 대해 우리는 제3부에서 푸코의『성의 역사 1—앎의 의지』를 통해 살펴볼 예정이다.

슬로 리딩 기술은, 일상 회화뿐 아니라 면접시험에서도 위력을 발휘한다. 면접관의 말을 슬로 리딩하여 무엇을 묻고 있고 무슨 말을 듣고 싶어하는지를 판단해야 한다. 또한 취직면접의 단골 질문인 '최근에 읽은 책 중 인상적인 책은 무엇인가?'라는 질문에 대해서도 당연히 속독보다는 슬로 리딩한 책의 감상을 이야기하는 것이 더 효과적일 것이다.

예컨대 나쓰메 소세키의 『마음』을 거론했다고 치자. 만약 면접관이 소세키의 애독자라서 구체적인 장면에 대해 질문을 했는데 제대로 대답을 못 하고 횡설수설한다면, 차라리 읽지 않은 것만 못할 것이다. 반대로 면접관의 의견과 꼭 같지는 않더라도 질문의 의도를 충분히 이해하고 자기 나름대로 의견을 명확히 전달할 수 있다면, 면접관은 그 인상을 상대의 인격 전반으로 확대해서 판단할 것이다. '어쩌다 우연히 재미있는 말을 한 것'으로 여기는 게 아니라 '상당히 재미있는 말을 하는 친구로군' 하는 식이다. 면접이란 그런 것이다.

우리는 다른 사람이 몇 권의 책을 읽었는가 하는 '숫자'에 대해서는 관심이 없다. 그런 이야기를 들으면 그냥 얄팍한 자랑이라고 생각할 뿐이다. 그러나 어떠어떠한 방법으로 읽었다는 이야기는, 듣는 사람에게도 도움이 된다.

슬로 리더란, 다른 사람의 흥미를 끄는 독자인 것이다.

속독가의 지식은 단순한 기름기이다

생각해보자. 우리 주변에서 모두의 존경을 받는 사람 중에 '속독가'라는 말을 듣는 이가 있는지. 회사 상사든 동료든, 혹은 친구라도 상관없다. 다독가는 많을 것이다. 그러나 속독을 자랑하는 사람은 적어도 내 주변에는 한 명도 없다.

널리 사회를 살펴봐도 정치가든 실업가든 의사든 학자든 컨설턴트든, 속독책이 흔히 주장하는 것처럼 속독법 덕분에 위업을 달성했다는 예는 찾아볼 수 없다. 속독책의 저자만 해도 그렇다. 속독술을 살려 책은 써냈을지는 몰라도, 그 외에 어떤 성공을 이루었는지는 전혀 알 수 없다.

한 달에 책을 백 권 읽었다느니 천 권 읽었다느니 자랑하는 사람들은, 라면 가게에서 개최하는 빨리 먹기 대회에서 십오 분 동안 다섯 그릇을 먹었다고 자랑하는 사람들과 다를 바 없다. 속독가의 지식은 단순한 기름기에 불과하다. 그것은 아무 도움도 되지 않으며, 쓸데없이 머리 회전만 둔하게 하는 군살이다. 결코 피가 되고 살이 되는 지식이 아니다. 그보다는, 아주 소량을 먹었어도 자신이 진정으로 맛있다고 생각하는 요리의 맛을 감칠나게 말할 수 있는 사람이 미식가로 존경받을 것이다. 마찬가지로 책도 단 한 권, 단 한 구절이라도 제대로 음미하고 충분히 매력을 맛본 사람이, 독자로서 더 많은 지적인 영양을 얻을 수 있다.

"나는 책을 몇백 권 읽었어!"라는 말을 해봤자 "그래서 어쩌라고?" 하는 비웃음만 살 것이 뻔하다. 그러나 "나는 그 책의 이런 구절에 엄청나게 감동받았어!"라고 말하면 겉모습뿐만 아니라 그 사람의 인간성에 대해서도 많은 것을 알게 해줄 것이다.

단적으로 말해 속독은 '내일을 위한 독서'이다. 우리는 바로 다음날의 회의를 위해 속독술로 대량의 자료를 읽어내고, 오늘의 화제를 위해 바쁜 아침 시간에 신문을 죽 훑어본다.

그에 반해 슬로 리딩은 '오 년 후, 십 년 후를 위한 독서'이다. 그것은 오늘, 혹은 내일 바로 효과를 내는 것은 아니지만, 긴 안목으로 보았을 때에는 틀림없이 한 사람의 인간적인 깊이를 더해주고, 진정으로 그의 몸에 꼭 맞는 교양을 제공해줄 것이다. 물론 우리가 존경하는 이 역시 그런 사람이다.

지금은 바야흐로 인터넷 검색의 시대이다. 단순한 지식은 아무런 의미도 없게 되었다. 단순히 어떤 말의 뜻을 알고 싶으면 누구든지 그 어구를 검색해보면 된다. 그러나 그 이상에 대한 이해는 인터넷 검색만으로는 충분하지 못하다. 슬로 리딩의 출현은 정보화 사회에서 맹스피드로 전달되고 있는 피상적인 지식을 보충한다는 의미에서, 반동이기는커녕 오히려 현대의 필연이다.

의사소통으로서의 독서

독서의 재미 중 하나는 읽은 책을 통해 다른 사람과 의사소통을 할 수 있다는 것이다.

상대가 그 책을 읽지 않았을 경우에는, 꼭 읽어보라고 추천하는 즐거움이 있다. 우리는 자신이 감동한 것을 누군가에게 이야기해서, 그 사람도 같은 감동을 맛보기를 원한다.

또한 상대가 이미 그 책을 읽었다면, 서로의 감상을 이야기해도 즐겁다. 생전 처음 보는 사람이라도 같은 책을 읽었다는 사실만으로 갑자기 가까워지는 경우가 있다. 같은 감상을 품고 있다면 그것만으로 대화는 더욱 활기를 띨 것이고, 다르다면 어떻게 다른지에 대해 이야기를 나눔으로써 생각의 폭을 넓힐 수 있다.

묵독(默讀) 습관이 널리 일반화된 것은 근대 이후라고 한다. 19세기 유럽 회화에서는 독서하는 여성의 모습이 눈에 자주 띄는데, 당시로서는 그런 식으로 여자가 집에서 혼자 책을 읽고 있는 모습이 신선하게 느껴졌을 것이다. 현대에 와서는 완전히 개인적인 취미가 되었지만, 독서라는 행위는 책을 다 읽은 시점에서 끝나는 것이 아니다. 어떻게 보면 독서는 책을 다 읽었을 때 비로소 본격적으로 시작된다. 페이지를 넘기며 자기 나름대로 생각하고 느낀 것을 앞으로 생활에서 어떻게 살려나갈 것인가?— 독서라는 체험은, 그때 비로소 의미를 지닌다.

속독은 독서를 마친 시점에서 끝내버리는 독서법이다. 그러나 슬로 리딩은, 독서를 그후에도 살리기 위한 독서법이다.

죽 훑어보기만 한다면 아무래도 어정쩡한 감상만 남게 되므로, 다른 사람들과 이야기를 할 때에도 어딘지 모르게 자신감 없는 말투가 된다. 상대방이 이야기를 꺼내도 '응, 제대로 읽지는 않았는데……' 라든가 '자세히 생각나지 않지만……' 하며 어쩔 수 없이 변명을 했던 경험은 누구에게나 있지 않을까? 그러면 상대방은, 이 사람은 책을 읽어도 아무것도 느끼지 못하고 자신의 의견도 분명하게 말하지 못하는 사람이라 간주한다. 평소 자주 이야기를 나누는 친구라면 몰라도 처음 만난 사람은 그러한 언동으로 상대방을 판단할 수밖에 없다.

관점을 조금 바꾸어 말하면 독서는 의사소통을 위한 준비이다. 자신의 생각을 다른 사람에게 제대로 전달하지 못해 고민하는 사람은 많다. 그렇지만 갑자기 많은 사람들 앞에 나가서 생각해 본 적도 없는 상황에 대해 어떤 의견을 이야기한다는 것은 누구에게나 어려운 일이다. 독서는 그러한 사태에 대비하여 다양한 상황을 가상적으로 체험하게 해준다. 슬로 리딩을 통해 그런 상황에서 나라면 어떻게 느끼고 **행동할지**를 천천히 시간을 들여 생각해두면, 예상치 못한 사태에 직면해도 당황하지 않고 평소 생각하던 바를 그대로 말할 수 있을 것이다.

한 권의 책을 읽는다는 체험이 누구에게나 같은 것은 아니다. 독선에 빠지지 않고 우선 작자의 의도를 정확하게 이해한 다음 자기 나름대로 많은 생각을 할 수 있다면, 독서는 그 사람만의 개성적인 체험이 된다.

슬로 리딩은 이러한 개성적인 **독서**를 위한 필요불가결한 기술이다.

속독책은 '자기계발서'였다

이 책을 집필하면서 '속독책'을 몇 권 살펴보았다. 예상과 달리 그것들은 순수하게 기술적인 내용을 소개하기보다는 일종의 '자기계발'을 목적으로 삼고 있었다. 어느 책이나 모두 우리의 '잠재능력'을 강조하고 있었으며, 그중에는 속독술을 습득함으로써 '미래를 적극적으로 파악하는 힘이 증가하여 인생이 충실해진다'든가, '새로운 환경(여행지, 지역, 직장)에 대한 적응능력이 증가한다'는 식으로 속독과는 거의 아무 상관이 없는 효과까지 장담하는 것도 있었다.

독서의 효용은 이 책에서도 여러 형태로 강조하고 있지만, 알다시피 독서에 의해 인생이 갑자기 장밋빛으로 바뀌는 일은 당연히 불가능하다. 슬로 리딩은 오랜 시간을 들여 그 사람의 깊이를 더해주는 것이다. 따라서 '뇌 속에 잠들어 있는 힘이 있다'든가 '머리는 제 기능을 백 퍼센트 발휘하지 못한다' 하는 식의 뉴 사이언스적인 '변신원망(變身願望)'에 호소할 필요는 없다. 그것은 견실하고도 착실한 체험으로서의 독서일 뿐이다.

속독술에서 흔히 설명하는 논리는 다음과 같다. 페이지를 펼쳤을 때 문장을 처음부터 눈으로 좇는 것이 아니라 그곳에 나열되어 있는 문자군 전체를 보며, 사진을 찍듯이, 말하자면 영상으로 눈에 새겨둔다. 그렇게 하면 의식 레벨에서는 읽지 않았어도 무의식 레벨에서는 정보를 받아들이게 되어, 책을 덮고 다시 생각해보면 내용을 이해할 수 있다는 것이다.

이러한 당치 않은 이야기는 심리학이나 뇌과학에 대한 일반인의 무지를 파고드는 괴변인데, 훈련 여하에 따라 그것이 가능하다고 하면 왠지 믿고 싶어지는 것이 인간의 슬픈 본성이다.

그러나 잘 생각해보기 바란다. 정말로 그런 일이 가능할까?

잘 알려진 대로 무의식은 의식으로는 컨트롤할 수 없는 영역이다. 의식을 통과해 무의식의 세계에 저장된 내용을 나중에 마음대로 다시 의식하여 내용을 논리적으로 짜맞추는 것은 불가능하다.

실제로 이같은 이론이 말하고 있는 것은, 펼쳐놓은 페이지에 나열된 문자 정보를 시각적으로 기억했다가 그것을 토대로 내용을 대충 추론하는 것에 불과하다.

그러나 과연 그런 수고에 의미가 있을까? 그것은 의미도 없이 시각적으로만 기억한 말의 단편으로 억지로 내용을 추론하는 것이고, 더구나 그 추론된 내용은 정확하지 않을 확률이 상당히 높다. 신뢰성이 매우 낮은 독서법인 것이다.

최근의 '워킹 메모리' 연구는, 우리가 일상생활에서 사용하는 일시적인 기억의 용량은 독서를 포함하여 상당히 작다는 사실을 지적하고 있다. 시각적으로 저장한 문장을 다시 떠올리며 점검할 때 그것이 저장되기 전과 똑같은 '영상'이 되리라는 보장은 어디에도 없다. 그것은 결코 오랫동안 지속되지 않는다.

페이지를 넘길 때마다 속속 잊혀져간다.

그리고 그 영상을 저장할 때 모든 언어가 완전히 평등하게 저장되리라는 보장도 전혀 없다. 잘 알고 있는 바와 같이 우리는 무엇인가를 보거나 들을 때 시각이나 청각에 들어오는 정보를 모두 평등하게 취급하지는 않는다. 그때그때의 관심에 따라 저절로 초점이 바뀌게 된다. 시험 삼아 가까이 있는 책을 들어 한 페이지를 펼쳐놓고, 그것을 읽지 말고 시각적으로 기억해보길 바란다. 그 결과는 어떨까?

특별히 강하게 인상에 남은 말과 그렇지 않은 말 사이에는 확실히 차이가 있을 것이다. 자신에게 익숙한 말이나 평소 관심을 가지고 있는 말은 쉽게 기억에 남는다. 혹은 트라우마와 관련 있는 말은 '무의식'에 남을지도 모른다. 그러나 그것들은 모두 독자에게 있어 중요한 말일 뿐이지, 문맥상 작자가 강조하고 싶었던 말은 아니다. 즉 이런 상황에서 독자는 작자가 말하고자 하는 내용을 이해하는 것이 아니라, 그저 자기 자신의 마음속을 비추어보고 있는 것에 지나지 않는다. 그러한 독서법이 지속된다면, 책을 많이 읽으면 읽을수록 자신의 닫힌 사고만 반복되어, 시야가 넓어지기는커녕 오히려 점점 더 편협해질 것이다.

실제로 무슨 책을 읽어도 '지금까지의 자신'이라는 껍질 밖으로 한 발짝도 나가지 못하고 오로지 한 가지 감상밖에 갖지 못하는 사람이 많이 있다. 그런 사람은 자기 스스로를 가두는 사람이며, 언제까지나 그 좁은 우리 안에서 벗어나지 못하고 그 안에서만 세계를 바라보게 될 것이다. 물론 우리는 그렇게 되고 싶지 않다.

우리는 이성제일주의, 혹은 의식된 세계가 전부라는 생각에 대한 반성에서, 감성이나 무의식 같은 영역의 가능성에 눈을 돌린다. 그 자체는 중요한 것이다. 그러나 감성이나 무의식에 대한 맹신은 때로는 자신에 대한 '비평성'을 잃게 만든다. 독서는 '작자'라는 이름의 타자와 마주함으로써 우리가 보다 열린 인간이 되게 하는 계기를 부여한다. 그러기 위해서는 첫째도 둘째도 '의식적'으로 충분히 사고를 거듭하면서 슬로 리딩하는 것이 중요하다.

왜 소설은 속독할 수 없는 것일까?

과연 소설은 속독이 가능할까?

확실히 아무 생각 없이 문자만 따라가도 즐거운 소설도 있다. 그러나 대부분의 명작은 그런 독서법으로는 충분히 매력을 느낄 수 없다. 단순히 수수께끼 풀이를 즐기는 정도의 독서, 예상 외의 스토리 전개를 즐기는 정도의 독서를 넘어 조금 더 복잡한 소설의 묘미를 알게 되면, 사람들은 저절로 슬로 리더가 될 것이다.

그렇다면 왜 소설은 속독을 할 수 없는 것일까? 그것은 소설에 다양한 노이즈가 있기 때문이다.

플롯(줄거리)에만 관심이 있는 속독자에게 소설 속의 다양한 묘사와 세세한 설정들은, 무의미하고 때로는 플롯을 파묻히게 만들어 방해하는 혼입물(混入物)로 느껴질 것이다. 소설에 리얼리티를 부여하기 위한 필요악 정도로 여겨질지도 모른다. 확실히 스피디하게 스토리 전개만 좇아가고자 한다면 그러한 요소들은 노이즈이다. 그러나 소설을 소설답게 만들어주는 것 역시 바로 그 노이즈들이다.

누구나 알고 있듯이 소설은 아무리 어려운 주제를 다루고 있다 해도 철학서는 아니며, 작자의 생각을 설명하기 위한 예화도 아니다. 또한 동화 같은 단순한 이야기와도 다르다.

'연애'에 대해 생각해보자. '연애'라는 이야기를 만들어내는 요소는 무엇일까? 우선 등장인물로 두 사람 이상의 인물이 나올 것이다(혹은 등장인물 한 명이 가공의 누군가를 상상하는 것일지도 모르지만). 그 인물들이 어느 날 어떤 사정으로 인해 만나고, 두 사람 이상의 인간이 서로 깊은 관계를 맺고, 경우에 따라서는 헤어진다. 그 일련의 관계의 양상이 소위 '연애'이며, 모든 군더더기를 떼어내고 골격만을 추려내면 아무 맛도 재미도 없는 어떤 정보가 '연애'라는 이야기의 실체이다.

그러나 과연 우리는, 이 정보를 될 수 있는 한 심플하고 정확하게 받아들이려고 연애소설을 읽는 것일까? 물론 그렇지 않다. 소설이라는 것이 처음 씌어진 이래, 고상한 것에서 속된 것에 이르기까지, 장대한 것에서 지극히 세세한 것에 이르기까지, 밝고 즐거운 것에서 슬프고 애절한 것에 이르기까지, 엄청나게 많은 패턴의 연애가 그려져왔다. 그럼에도 우리가 그중 하나를 읽고 '요컨대 두 사람이 만나서 서로 좋아하다가 헤어졌다, 그게 다 아냐?'라며 나머지는 읽을 필요도 없다고 생각하는 것이 아니라, 또다른 여러 가지 패턴을 알고 싶어하는 것은, 그 각각에 대한 느낌이 모두 다르기 때문이다. 그리고 그 차이란 결국 플롯만을 무작정 따라가는 독서법으로 볼 때는 노이즈에 불과한 부분에서 나타나는 것이다.

얼핏 보기에 아무래도 상관없을 것 같은 설정들이 있다. 예를 들어 정경 묘사라든가 주인공의 아주 사소한 몸짓 같은 것 말이다. 우리는 그것들을 그냥 지나치며 읽고 있지는 않은가?

소설이라는 장르는 시와 달리 매우 잡다한 것이다. 그것을 단순화하려 하면 분명 시시해져버리고 말 것이다.

여기에 종이 한 장이 있고, 그것을 위에서 떨어뜨렸다고 치자. 뉴턴 역학이 전제하는 절대영도의 세계, 마찰이 없는 세계에서는 종이가 떨어지는 방법이 딱 한 가지만 존재할 것이며, 그것이 '종이가 떨어진다'라는 현상의 모든 것이 될 것이다. 그러나 현실세계에서는 열이라는 노이즈의 존재 때문에, 종이가 떨어지는 방법이 꼭 한 가지로 정해져 있지는 않다. 혹은 바람이 불거나 종이를 놓을 때 손목이 흔들리는 등 감각적으로 실감할 수 있는 더 큰 노이즈가 더해질지도 모른다. 팔랑팔랑 허공에서 춤추는 종이가 낙하하며 만들어내는 재미나 아름다움은, 그러한 노이즈의 선물이다.

'머리로 쓴 도식적 소설'이 재미없는 것은, 그것이 노이즈가 없는 세계에서 일어난 사건으로 느껴지기 때문이다. 노이즈는 우리에게 현실의 다양함을 가르쳐주고, '연애'처럼 몇 번이고 되풀이되어온 주제도 결코 항상 같지는 않음을 알려준다. 우리는 소설을 읽을 때 세부를 버리고 주요 플롯으로만 환원하는 독서법을 그만두고, 오히려 플롯에서 비어져나온 세부를 응시해야 할 것이다. 차이란 항상 미묘하고 섬세한 것이다.

몽테스키외와 포도주

누구나 중학교나 고등학교 수업시간에, 삼권분립을 주장한
프랑스 사상가 몽테스키외의 이름을 들어본 적이 있을 것이다.
그는 저서 『법의 정신』을 완성하기 위해 무려 이십 년의 세월을
소비했다고 한다. 스위스의 고명한 비평가인 장 스타로뱅스키
는 그것이 아카데미 회원이나 고등법원장 등 익히 알려진 몽테
스키외의 이미지보다도, 그의 또하나의 얼굴인 '포도 재배자'
라는 이미지에 딱 들어맞는다고 지적한다. 재미있는 지적이므
로 잠깐 인용해보겠다.

여기, 좋은 포도주를 만들기 위해 무엇이 필요한지를 알고
있는 사람이 있다. 좋은 포도주를 만들기 위해서는 토질, 기
후, 수목의 질, 시기에 맞는 수확 등의 조건이 필요하다. 그는
어느 정도의 완만한 압력으로 과즙이 포도송이에 축적되는
지, 어느 정도의 인내와 어떠한 행운이 이와 같은 성숙을 촉
진시키는지 잘 알고 있다. 작가인 그 역시 마찬가지로 좋은

책을 성숙시키기 위해서는 얼마만큼의 시간이 필요한지를 알고 있을 것이다. (장 스타로뱅스키, 『몽테스키외』 중에서)

스타로뱅스키는 이어서 "『법의 정신』은 몽테스키외의 붉은 보르도*다"라고 말한다. 최상의 깊은 맛을 내는 포도주라는 뜻이다. 그 정도로 몽테스키외가 진정으로 세심한 슬로 라이터였다는 것이다.

이 이야기를 듣고 나는 지극히 단순하게 이런 생각을 했다. 몽테스키외 정도 되는 일류 지성의 소유자가 이십 년이나 걸려 생각한 것을 어떻게 우리가 한두 시간 듬성듬성 읽고서 이해할 수 있겠는가? 하물며 속독법으로 일 분에 삼십 페이지나 되는 분량을 맹스피드로 눈에 새겨넣고는 이해가 될 것이라고 기대하는 것은 너무 어리석은 생각이 아닐까? 그것은 최상의 보르도를 단숨에 마셔버리는 것과 같은 부끄럽고 천박한 짓이 아닐까?

물론 쓰는 데 이십 년이 걸렸다고 해서 꼭 이십 년에 걸쳐 읽어야 한다는 것은 아니다. 일주일 만에 다 읽어도 상관없다. 그

---

* 프랑스 보르도 지방에서 생산되는 포도주.

러나 우리는 저자의 이십 년에 대해 겸허한 마음을 갖는 것을
잊어서는 안 된다. 『법의 정신』의 이십 년은 확실히 길다고 할
수 있지만, 일반적으로 사상서나 철학서는 모두 저자의 오랜 세
월에 걸친 끈기 있는 사고의 산물이다. 사람이란, 누구든 금방
'이상하다'라고 느낄 만한 것을 그렇게 오랜 시간 계속 생각할
수는 없는 법이다. 이상하다고 느끼는 것은 자신의 독해력이 부
족하기 때문이 아닐까? 일단 그렇게 의심해보고, 그렇다면 어
느 부분이 이해가 되지 않는지 다시 한번 책을 읽으며 생각한
다. 그렇게 천천히 시간을 들여서 읽어야 비로소 책은 자신의
비밀을 조금씩 밝혀주기 시작할 것이다. 결국 그 비밀을 알아낸
지성만이 시간과 노력이 빚어낸 포도주와 같은 성숙을 경험할
수 있다.

'빠른 일'은 왠지 믿을 수 없다

우리는 항상 짧은 시간 내에 빨리 처리한 일을 보면 그 내용이
조잡하지 않을까 하고 의심하게 된다. 설령 보기에는 문제가 없
는 것 같더라도, 일을 하는 과정에서 어떤 중요한 정보가 생략
된 것은 아닐지 저절로 불안해지는 것이다. 그것은 우리 자신이

제한된 시간 내에는 절대 충분한 주의를 기울여 일할 수 없다는 사실을 경험상 알고 있기 때문이다. 2005년 말에서 2006년에 걸쳐 아파트와 호텔의 내진강도 위장이 매우 큰 사회문제가 된 적이 있었는데, 그때도 지정 검사기관의 '신속한 업무처리'의 정확성에 대한 비난이 일었다(물론 의도적인 눈감아주기였다면 논외지만 말이다). 인간의 생명과 재산이 관련된 그와 같은 중요한 서류일수록 더욱 충분한 시간을 들여 검토해야 할 것이다.

그러나 문제는 실제로 '빠른 일'이 내용상 불충분한 데서 그치는 것이 아니다. 더 큰 문제는 그것이 상대방으로 하여금 내용상 불충분할지도 모른다는 불안감을 느끼게 한다는 것이다.

비즈니스의 세계에서는 확실히 신속함이 요구된다. 그러나 부정확성으로 인해 야기되는 리스크를 피하고, 잘못을 정정하는 데 들어가는 노력을 생각한다면, 누구나 신속함보다는 꼼꼼함을 우선시할 것이다. 적어도 나라면 중요 거래처와의 업무에 필요한 서류는 속독을 자랑하는 부하보다 세부까지 꼼꼼하게 읽는 부하에게 맡길 것 같다. 속독은 기본적으로 이기적인 것이어서 그것으로 주위 사람들이 득을 보는 일은 없다. 그러나 슬로 리딩은 이기적인 동시에 이타적이기도 해서, 다른 사람에게도 필요충분한 정보를 제공한다.

우리 머릿속에는 항상 '빠른 일'은 어딘지 모르게 신용할 수 없다는 생각이 깔려 있다. 평소에는 스피드를 요구하는 사람들도 재판이나 질병 치료처럼 일생이 걸린 문제에 직면하면 역시 신속함보다는 꼼꼼함을 추구한다. 검찰조서나 진료기록카드를 제대로 읽지 않아 생기는 불이익은 치명적이기 때문이다.

그렇게 생각하면 필연적으로 신속함에 기댈 수 있는 것은 어떻게 되든 별로 상관없는 일들이며, 중요한 일을 맡길 수 있는 것은 바로 꼼꼼함뿐이라는 사실을 알 수 있다. 즉 속독술을 아무리 익혀봐야 중요한 서류는 불안해서 맡길 수 없기 때문에, 결국 속독으로 처리해도 괜찮을 정도의 서류만 처리하는 신세가 되는 것이다.

경이로운 속도로 일을 척척 해치우는 것은 우리의 꿈이다. 그러나 일의 향방을 결정짓는 중요한 국면에서 신속한 판단능력을 발휘하기 위해서는, 오히려 그 준비과정 격으로 상황을 꼼꼼하게 파악해둘 필요가 있다. 그것은 장기적인 안목에서 볼 때 비즈니스 파트너로서 얻는 신뢰로 이어질 것이다.

신문도 슬로 리딩

그러면 날마다 배달되는 신문은 어떨까? 아침이라는 제한된 시간에 읽는 것이므로 이것이야말로 속독을 해야 한다고 생각할 것이다. 그러나 신문을 읽는 것은 일종의 정치적 행위이다. 우리의 투표는 이 행위의 축적으로 결정된다. 그런 의미에서 신문 역시 슬로 리딩의 대상이 되어야 한다.

그러면 어떻게 해야 할까?

주지하는 바와 같이 신문에는 각 신문사의 주의나 주장, 사상적인 차이가 나타나 있다. 사회의 공기(公器)로서 어느 한쪽에 치우치지 않고 공평하며 중립적일 것을 전제로 하지만, 실제로는 대부분 그렇지 않다. 비판정신 없이 대충 훑어보게 되면 어느 사이엔가 편협한 정보만 얻게 되고, 그것은 곧 편협한 견해로 이어진다. 아사히(朝日) 신문은 보도하지만 산케이(産經) 신문은 보도하지 않는 뉴스도 있을 것이며, 당연히 그 반대 경우도 있을 수 있고, 또다른 신문사도 그런 경우가 있을 것이다. 한 가지 신문만 매일 읽으면 자신도 모르는 사이에 편견이 생겨날 가능성이 있다. 그런 위험을 피하기 위해서는 늘 여러 종류의 신문을 읽으며 그 차이에 민감해져야 한다.

다행히 요즘에는 인터넷으로 신문을 읽을 수 있다. 그러나 확실히 종이를 매체로 하여 여러 신문사의 신문을 강독하는 메리트는 크다. 한 가지 뉴스가 어디에 어느 정도의 지면을 차지하며 게재되어 있는지를 비교하는 것은, 각 신문사의 입장차를 시각적으로도 선명하게 이해하게 해준다. 그러나 그것이 경제적으로 부담스럽게 느껴진다면 웹상의 포털 사이트 뉴스를 활용하는 것으로 충분하다. 폭넓은 정보를 취할 수 있다는 점에서는 정기구독으로 접하는 한정된 지면보다 이쪽이 더 낫다. 이렇게 신문사마다 각 사안에 따르는 논조를 확인해두면 한 가지 사건에 대한 우리의 시점은 항상 복수화된다. 그것은 미디어 리터러시의 향상에 도움이 될 뿐만 아니라, 서로 다른 생각을 가지고 있는 사람과의 대화를 위한 일종의 시뮬레이션이 되기도 한다.

인터넷은 스피디한 미디어임과 동시에 보존성도 뛰어난 매체다. 정 시간이 없을 때에는 그 다음날에라도 '백넘버'를 확인할 수 있다. 그렇게 스스로 조절해가며, 슬로 리딩을 위한 시간을 최대한 확보해보자.

제2부 매력적인 '오독'의 권장
슬로 리딩 테크닉편

'이해율 70퍼센트'의 덫

한 속독책에 의하면 속독법으로 얻을 수 있는 '이해율'은 내용의 70퍼센트 정도이고, 이는 천천히 읽었을 경우와 비교해도 별 차이가 없는 수준이라고 한다. 단순히 이해율이라고 하면 어떤 방식으로 측정된 것인지 의문스럽지만, 이런 단순한 숫자는 속임수일 뿐이다. 속독을 했을 경우의 '이해율 70퍼센트'와 슬로 리딩에 의한 '이해율 70퍼센트'는, 같은 70퍼센트라도 그 의미가 전혀 다르기 때문이다.

슬로 리딩의 경우 문맥을 차례로 더듬어가기 때문에 'A는 B이다'라는 내용을 'A는 B가 아니다'라고 정반대로 읽는 결정적인 오독의 가능성은 낮다. 그러나 속독의 경우는 단어만 죽 훑어보고 조사나 조동사는 경시하기 때문에 머릿속에서 자기 마음대로 단어를 연결해버려, 긍정이냐 부정이냐 하는 가장 중요한 내용 파악조차 실패할 위험성이 크다.

외국인과 영어로 대화하는 경우를 생각해보자. 상대방의 말이 매우 빠를 경우, 혹은 주위가 시끄러워서 상대방의 말을 좀처럼 모두 알아들을 수 없는 경우에, 우리는 할 수 없이 알아들은 단어를 머릿속에서 적당히 조합해서 대충 의미를 짐작한다. 그러나 그 경우 'I am'과 'I am not'처럼, 'not' 하나를 알아들었느냐 아니냐에 따라 내용은 완전히 달라진다.

속독의 위험성은 그와 같다. 설사 전체적으로 70퍼센트를 이해했다고 해도, 그 애매한 30퍼센트 부분에 결정적인 오류가 포함되어 있을 가능성이 있다.

앞에서 언급한 속독책에는 그러한 오독을 피하기 위해 '이해가 잘 안 되는 곳은 다시 한번 돌아가서 읽으라'고 씌어 있다. 물론 상식적으로도 그렇게 해야겠지만, 속독이 그렇게 두 번의 수고를 전제로 하는 것이라면 별로 달가운 일은 아니다.

무엇보다 이해가 잘 안 되는 곳을 정확하게 바로 찾아낼 수 있으리라는 보장이 없다. 되돌아가서 다시 읽을 때는 결국 문맥을 따라 슬로 리딩할 수밖에 없다.

그럴듯해 보이는 주장일수록 뒤집어서 생각해볼 필요가 있다. 만약 정말로 속독이 누구나 익힐 수 있는 유효한 독서법이라면, 그것은 표준적인 독서법으로 더 널리 일반에 정착되지 않았을까? 결국 독서의 역사는 속독의 유효성을 그다지 신뢰하지 않았던 것이다.

조사, 조동사에 주의하라

글을 잘 쓰는 사람과 그렇지 못한 사람의 차이는 어휘력보다도 조사, 조동사의 사용법에서 드러난다. 매우 많은 단어를 늘어놓았어도 조금도 심금을 울리지 않는 글이 있는가 하면, 몇 안 되는 어휘라도 묘하게 설득력이 있는 글도 있다. 동사와 명사를 살리느냐 죽이느냐 하는 것은 조사와 조동사에 달려 있다. 조사와 조동사가 정확하지 않은 문장은 이음매가 엉성한 건물과 같아서, 아무리 건축자재(어휘)가 충실해도 외관상으로 보나 안정성이라는 관점으로 보나 큰 문제가 있다.

앞에서도 지적했지만, 속독의 제일 큰 문제점은 명사나 동사를 파악하는 데 급급해서 조사와 조동사에 소홀해진다는 것이다. 그러나 앞에서 언급한 'A는 B이다'라는 단순한 예문만 봐도, 의미상 중요한 것은 'A'나 'B'가 아닌 '는'과 '이다'이다.

누구나 알고 있듯이 '나는 사과를 좋아한다'라는 문장과 '나는 사과를 좋아하기는 한다'라는 문장은 뉘앙스가 다르다. 전자는 확실한 단정이며 후자는 약간의 유보가 느껴지는 표현이다. 설령 명시되어 있지는 않더라도, '좋아하기는 한다. (하지만……)'하는 식으로 그 뒤에 이어지는 무언가가 있음을 암시한다. 이 차이는 명백하다. 전자는 사과를 선물받으면 순순히 감사해하겠지만, 후자는 아마 다른 선물을 받기를 원할 것이다.

아울러 글을 잘 쓰고 싶은 사람은 슬로 리딩하면서 특히 좋아하는 작가의 조사와 조동사 사용법에 주의를 기울이기 바란다. 그것으로 리듬이 완전히 바뀌기도 하고 설득력이 배가되기도 한다. 또한 휴대폰 문자메시지 같은 짧은 문장을 쓸 때에도 조사나 조동사에 신경을 쓰면 상대에게 주는 인상이 전혀 달라질 것이다.

우리는 주어에 이어지는 조사 '은/는'이나 '이/가'의 차이가 문장을 어떻게 바꾸는지, 제3부에서 가와바타 야스나리(川端康成)의 『이즈의 무희伊豆の踊子』를 통해 확인해볼 것이다.

'사전 찾는 습관'을 기른다

대학입시 공부를 하면서 고바야시 히데오의 『다양한 의장 樣々なる意匠』이나 『모차르트』 같은 어려운 글을 읽어본 경험들이 있을 것이다. 특히 고바야시 히데오의 초기 문장에는 한어가 많이 나온다. 한자라는 것은 변과 방으로 어느 정도 의미를 짐작할 수 있기 때문에 대충 이해했다 생각하고 계속 읽어나갈 수 있다. 그러나 사전을 찾아 의미를 확인해보면 터무니없이 잘못 이해하고 있는 경우가 있다.

지식을 심화하려면 귀찮아하지 말고 사전을 찾는 습관을 들이도록 하자. 나는 독서를 할 때만이 아니라 사람들과 대화하거나 텔레비전을 볼 때에도 모르는 단어가 나오면 반드시 나중에 사전을 찾는다. 그때그때마다 대화를 중단하고 사전을 찾을 수는 없지만, 기억해두었다가 집에 돌아온 뒤에 확인하는 습관을 들이면 굳이 어휘력을 키우려고 노력하지 않아도 자연스럽게 몸에 익힐 수 있다.

이상하게도 사람들은 어떤 문장을 읽을 때 모르는 단어가 세 개 이상 연달아 나오면, 영어인 경우에는 사전을 찾아보지만 일본어인 경우에는 그냥 짐작하는 것으로 넘어간다. 물론 우리는 일본어 네이티브 스피커이기 때문에 모르는 영어 단어의 의미를 짐작하는 것보다 모르는 일본어 단어의 의미를 짐작하는 것이 훨씬 쉽겠지만, 그런 만큼 안다고 자만했던 것이 미묘하게 다를 위험도 크다.

오용이 많은 단어를 몇 개 살펴보자.

우선 오늘날 정부가 사용하고 있는 '골태(骨太)의 방침'이라는 말. 이것은 '골자(骨子)가 되는 기본 방침'이라는 의미로 사용되고 있는데, 사실 '골태'라는 말에 그런 뜻은 없다. 고지엔*에는 '뼈가 굵은 것. 골격이 튼튼한 것'이라고 나와 있다. '골태한 남자' 같은 식으로 비유적 표현으로는 사용할 수 있지만(신념이 흔들리지 않는, 의지가 강한 남자라는 의미로 받아들여진다), '기본 방침'이란 뜻으로 사용하기에는 무리가 있다. 이런 것은 단지 한자의 이미지만으로 의미를 짐작해서 오용하게 된 전형적인 예이다. 오용이란 걸 알고서도 말의 임팩트를 우선시해서 사용한 거라면 그럴 수도 있겠지만, 공문서에 쓰기에는 부적절한 단어인 것이다.

'모름지기(すべからく, 스베카라쿠)'라는 말도 자주 오용된

---

* 広辞苑, 일본에서 일반적으로 가장 널리 사용되는 국어사전.

다. 원래는 '모름지기~ 해야 한다'는 '당연함'을 나타내는 말인데, 아마 '모든 것(すべて, 스베테)'이라는 말과 음이 비슷하여 '여러분, 모든 사람'으로 오용되는 것 같다. '학생인 자는 <u>모름지기</u> 면학에 힘써야 한다'는 바른 용법이다. 그러나 '<u>모름지기</u> 방문을 진심으로 기다리고 있겠습니다'는, 아마 의도상으로는 '여러분의 방문을 진심으로 기다리고 있겠습니다'겠지만 그 말에 '여러분'이라는 의미는 없다.

이런 어려운 말을 애매하게 사용했다가 틀리면 창피를 당할 것이 분명하다.

좋은 사전에는 대개 예문이나 용례가 나와 있으므로, 그것들을 참고해서 될 수 있으면 각각 구체적인 문맥에 맞춰 단어의 의미를 알아두기 바란다. 자신이 지금 읽고 있는 책의 용례와 사전의 용례 두 가지를 알아두면, 뉘앙스도 더 분명해지고 훨씬 쉽게 기억에 남을 것이다.

요즘에는 인터넷사전이나 전자사전도 나와 있기 때문에 검색하기가 더욱 편해졌다. 1947년에서 1949년에 태어난 베이비붐 세대 이상의 작가 중에도 늘 전자사전을 휴대하는 사람이 있다. 언어에 민감한 사람일수록 자만하지 않고 사전을 가까이하는 법이다.

19세기 최고의 프랑스 시인 보들레르는 경애하는 선배 작가 테오필 고티에의 집을 처음 방문했을 때, '사전 읽는 것을 좋아하느냐'라는 질문을 받고 젊었을 때부터 '사전을 찾는 습관'이 있다는 이야기를 해서 존경을 받게 되었다는 일화가 있다. 명문가(名文家)로 알려진 고티에는 '나는 사형집행인의 수하에 있어도 철자는 바로 쓸 생각이다'라는 말을 한 사람이다.

잘 모르는 말이 나오면 번거로움을 마다하지 말고 잠시 멈추어 반드시 사전을 찾아보는 것, 그것은 책을 보다 깊이 이해하기 위한 가장 중요한 열쇠이다.

앞서 조사와 조동사의 중요성을 역설했지만, 물론 풍부한 어휘는 다른 무엇보다 중요하다. 조사와 조동사를 제대로 사용하지 못하면 어휘도 살리지 못하는 것은 확실하지만, 어휘가 풍부하면 그만큼 표현의 폭이 넓어지고, 게다가 그것이 정확한 어휘라면 그 글은 저절로 설득력을 갖게 된다.

작자의 의도는 반드시 있다

책의 내용을 보다 깊게, 보다 정확하게 이해하기 위해 제1부에서는 '작자의 의도'를 생각하면서 읽는 방법을 소개했다.

그러나 실제로 이 생각에는 큰 문제가 내포되어 있다.

작자 입장에서 보면 소설이든 에세이든 논문이든, 기본적으로 작품의 한 단어 한 구절에서부터 작품 전체에 이르기까지 '읽는 사람이 이렇게 읽어주었으면 좋겠다'라는 '작자의 의도'가 반드시 있다. 그것이 없으면 처음부터 글을 쓸 수 없기 때문이다. 작자의 사후에 공개되는 '창작노트' 같은 것이 바로 그 증거이다. 물론 예외는 있다. '무의식'의 존재를 중시하며 의식과 이성의 지배를 받는 세계를 뒤흔들고자 한 초현실주의자들은 '자동기술(自動記述)'이라는, 무의식의 이미지의 연쇄 그 자체를 언어화한 글들을 남겼다. 하지만 이것은 상당히 특수한 예이기도 하고 또 충분히 성공했다고 보기도 어렵다.

한편, 정도의 차이는 있어도 작자가 독자의 자유로운 해석을 미리 상정하고 있는 것도 사실이다. 자신이 하고 싶은 말을 정확히 전달하고 싶다는 욕구에 이끌리지 않고는 글이 나올 수 없다. 그러나 언어의 성질상 완성된 것이 어떻게 읽힐 것인지 반드시 예측 가능하다고는 할 수 없는 것이다.

한때는 작자가 말하고자 하는 바를 정확히 이해하는 것이 올바른 독서법이라는 생각이 지배적이었다. 이런 생각의 근원에는 일신교의 영향이 있었을 것이다. 잘 알려진 대로 유대교나

기독교에서 '예언자' 란 '신의 말을 대신 전하는 자' 라는 뜻이다. 그러므로 성서를 읽을 때는 그 말을 발화한 자(=신)가 어떤 말을 하려고 한 것인지 그 의도를 생각하는 것이 매우 중요했다. 그렇지만 신학논쟁을 보면 알 수 있듯 그 해석은 항상 대립되고 있어, 어느 쪽 해석이 '옳은지' 결말이 난 예는 없었다.

문학작품 비평도 마찬가지다. 나쓰메 소세키의 『나는 고양이로소이다』같이 오래된 작품도 열 명이 읽으면 열 가지 해석이 나온다. 애초부터 아무도 정확히 알 수 없음에도 불구하고 '작자의 의도' 야말로 '옳은 해석' 이라고 하며 다른 해석을 모두 '틀렸다' 고 말할 근거는 없으며, 그것은 부당하게 작품의 가능성을 좁히는 결과를 초래할 것이다.

그래서 문학계에서는 한때 텍스트 이론이라는, 독자의 창조적 독서행위를 오히려 적극적으로 평가하는 비평이 유행했었다. 이것은 옛날 사람들 입장에서 보면 일종의 '오독력(誤讀力)' 을 높이 평가하는 것이다.

창조적인 오독

'오독' 에도 종류가 있다. 단순히 말뜻을 잘못 이해하거나 논리를 제대로 파악하지 못하는 것은 '빈곤한 오독'이요, 슬로 리딩을 통해 심사숙고한 끝에 '작자의 의도' 이상으로 흥미 깊은 내용을 찾아내는 것은 '풍요로운 오독'이다.

확실히 사람들이 제멋대로 착각을 할 때에는, 의외의 창조성이 발휘되는 법이다.

『존재와 무』라는 저서로 유명한 실존주의자 사르트르는 독일의 철학자 하이데거의 대표저서 『존재와 시간』을 어떤 의미에서는 '오독'했다고 할 수 있고, 그 오독에 의해 독자적인 사상을 키웠다. 그것이 싫었던 하이데거는 그후 『휴머니즘 서간』이라는 글을 발표하여, 사르트르의 '실존주의'와 자신의 '실존철학'은 별개의 것임을 애써 설명했다.

하이데거의 저서는 어느 것이나 지극히 난해하다. 원래부터 '오독'의 가능성이 많은 것이다. 그러나 그렇다고 해서 사르트르가 '오독'을 통해 생각해낸 것이 부정되어야 할 이유는 없다. 그후로도 포스트모던 시대의 대표적 사상가 자크 데리다에 이르기까지, 프랑스 사상가들은 어떻게 보면 하이데거의 매력적인 '오독'을 통해 사색을 심화시켰다.

철학을 예로 들면 이렇게 딱딱한 이야기가 되지만, 음식과 같은 조금 더 가벼운 예를 들 수도 있다. 스페인 사람이나 포르투갈 사람에게 나가사키(長崎) 지방 특산물 카스텔라를 보여주면 매우 감동한다고 한다. 카스텔라의 기원은 '비스코초'라는 스페인 과자나 '빵 드 로'라는 포르투갈 과자인데, 그 어원은 카스티야 지방에서 유래되었다. 이것들은 아직도 스페인이나 포르투갈에서 흔히 볼 수 있는데, 그것이 그 옛날 먼 바다를 건너와 일본에서 이런 과자로 바뀌었다는 사실이 그들을 놀라게 하는 것이다. 재료상 제약도 있었겠지만, 당시 일본인들은 모양만 보고 흉내내어 '카스텔라'를 만들어냈을 것이다. 이는 일종의 '오독력'에서 온 것으로, 그 결과가 '비스코초'나 '빵 드 로'와 다르다고 해서 카스텔라를 부정하는 사람은 아무도 없다.

또한 멕시코의 울트라바로크 교회는 본래의 스페인 바로크 교회보다 훨씬 그로테스크하고 과도한 장식을 했는데, 이 역시 그들의 독창적인 '오독력'의 산물이다.

문화는 전파과정에서 '오독력'에 의해 풍부해지며, 이는 책도 마찬가지이다.

그러나 간과해서는 안 될 것은 이러한 풍요로움은 어디까지나 책의 입장에서 풍부하다는 것이다.

확실히 '오독력'은 책의 가능성을 확대시켜준다. 그러나 '작자의 의도'를 완전히 무시하고 언제나 '오독력'에 의지해서 책을 읽는 사람은, 무슨 책을 어떻게 읽어도 늘 독선적인 결론만 이끌어낼 가능성이 있다. 그것은 독자로서의 가능성을 편협하게 하는 독서법이다.

책을 읽는 또 하나의 기쁨은 타자와의 만남이다. 자신과 다른 의견에 귀를 기울여 자신의 생각을 보다 유연하게 만드는 것, 이를 위해서는 한편으로는 자유로운 '오독'을 즐기고 다른 한편으로는 '작자의 의도'를 생각하는 작업을 동시에 진행해야 한다.

이는 슬로 리딩의 비법이라고도 할 수 있다.

'왜'라는 의문을 갖자

책을 읽다보면 '왜 이런 내용을 썼을까?' 하는 생각이 들 때가 종종 있다. 아무리 좋아하는 작가라도 결국은 생판 모르는 남이 쓴 것이므로 당연한 일이다. 읽으면서 납득이 되지 않는 부분을 발견하거나, 이렇게 쓰는 게 더 낫지 않을까 하며 자기 나름대로 생각해보는 경우도 있을 것이다. '내가 작가라면……' 하는 식으로 시뮬레이션해보는 것은 슬로 리딩의 즐거움 중 하나이다.

어쨌든 중요한 것은, 읽는 것을 잠깐 멈추고 '왜?'라고 생각해보는 것이다. 그런 의문을 갖는 순간, 책은 그 사람에게만 자신의 비밀을 살짝 알려주기 시작한다. 의문이 생기면 대충 넘어가지 말고, 혹은 일방적으로 책의 결함이라고 단정짓지 말고, 허심탄회하게 그 구절에 귀를 기울여보자. 설사 그때는 이해가 안 되더라도 그런 식으로 마음에 담아두면 책을 읽은 후에도 그 한 구절이 오래도록 기억에 남아, 몇 년 후에 '아, 계속 궁금했었는데, 그게 바로 이런 것이었구나!' 하고 이해될 때가 있다. 그때 비로소, 오랜 시간에 걸쳐 작자의 가장 깊은 곳에서 우러난 목소리가 독자에게 전달되는 것이다.

예를 들어 작자의 느낌이나 생각이 응축되어 있는 시 같은 것은 '왜?'라는 의문을 품지 않으면 영원히 '의미불명' 상태로 남을 것이다. 물론 언어의 아름다움만을 즐기는 것도 시를 음미하는 하나의 방법일지 모른다. 그러나 '왜?'라는 물음에 가장 진지하게 대답해주는 것 역시 시라는 장르이다.

또다른 예를 들자면, 카프카나 아베 고보(安部公房)의 소설을 읽다보면 기묘한 설정이나 언동이 연달아 나오는 것을 알 수 있다. 그 작품들을 그저 '도대체 뭐가 뭔지 영문을 모르겠네' 하고 던져버리면, 스스로를 '소 귀에 경 읽기' 상태로 만들어버리는 꼴이 된다. 확실히 그들의 작품은 난해하지만, 오랜 세월

동안 많은 사람들이 발견해온 풍부한 내용을 자신도 극히 일부나마 찾아내고 싶다면, 우선은 천천히 시간을 들여 '왜 굳이 이렇게 썼을까? 왜 이런 말을 썼을까?' 하고 생각하는 일부터 시작해야 한다. 그것은 교양서나 비즈니스 서적처럼 오늘 내일 당장 도움이 되는 내용을 가르쳐주지는 않겠지만, 자기 자신의 가치관을 크게 변화시키는 기회를 가져다줄 수도 있다.

수수께끼는 추리소설에서만 작자가 깔아놓은 레일을 따라 푸는 것이 아니다. 좋은 책에는 어느 것에나 수수께끼가 존재한다. 그것을 푸는 기술은, 독자 개개인이 스스로 발견해야 한다.

항상 '왜?'라는 의문을 갖고 읽을 것. 이것이 깊이 있는 독서 체험을 위한 첫번째 방법이다. 또한 독자가 책을 선택하듯 책 또한 독자를 선택한다. 대화 도중 영 들을 생각이 없어 보이는 상대에 대해서는 '이 사람한테 이야기해봤자 소용없어' 하고 외면하듯이, 책 역시 '왜?'라는 의문을 갖지 않는 독자에게는 영원히 입을 다물어버릴 것이다.

앞 페이지로 돌아가서 확인하자

최근 연구를 통해 인간의 뇌의 단기 정보처리능력에 대해 많은 비밀이 밝혀졌다. 컴퓨터 1차 캐시*에 해당하는 이 영역은 뇌의 경우 '워킹 메모리'라고 하는데, 그 용량은 우리가 상상하는 것보다 훨씬 작다.

인간의 워킹 메모리는 정보를 조금씩밖에 처리할 수 없기 때문에, 책을 읽을 때 속독으로 대량의 정보를 입력시키려는 것은 애초에 무리가 있다. 슬로 리딩으로 잘게 나누어 그때마다 장기기억과 단기기억 사이를 왕복하면서 정보를 처리하지 않으면 제대로 이해를 할 수 없다.

그 정도로 작은 메모리를 사용하여 책을 읽고 있는 이상, 방금 전에 읽은 것을 잊어버리는 것은 이상한 일이 아니다. 오히려 한 번에 모든 것을 기억하는 것이 더 이상하다. 우리는 항상 자신도 모르는 사이 마음속 어딘가에 '천재원망(天才願望)'을 품고 있고, 속독책은 그런 심리를 교묘히 파고들어 '하면 된다!'라는 암시를 들먹인다. 하지만 냉철한 어른이라면 그런 선전문구에 현혹되어 피해를 입지 않도록 스스로에게 자신감을 가져야 한다.

외국 장편소설을 읽고 있자면 등장인물의 이름이나 특징을

---

* cache memory, 데이터를 고속으로 전송하기 위해 CPU(중앙처리장치)와 주기억장치 사이에 마련해둔 기억장치.

금방 잊어버릴 때가 많다. 나도 『장송』에 대해 그런 지적을 자주 듣는데, 그렇다면 그때마다 앞 페이지로 돌아가서 확인하면 된다. 물론 나도 어려운 이름의 등장인물이 많이 나오는 도스토옙스키의 소설을 읽을 때는 연신 앞 페이지로 돌아가 '무슨 이름이었더라?' 하며 다시 확인한다.

막힘없이 술술 읽는 것이 당연하다면 그렇게 앞 페이지로 돌아가는 것이 왠지 굴욕적으로 느껴지겠지만, 원래 인간의 뇌 구조상 그렇게 하는 것이 당연하다고 생각하면 마음 편히 페이지를 뒤적이며 책을 읽을 수 있다. 반대로 자신은 절대 그럴 필요가 없다는 사람이 있다면 그게 정말일지 조금 비딱하게 의심해봐도 좋다.

모르는 것을 그대로 방치해두면 책을 계속 읽어나가더라도 이해도는 반감된다. 기억이 나지 않는 부분은 무슨 내용이었는지 확실하게 확인하고 나서 다시 읽어나가는 게 좋다.

보다 '앞으로' 가 아니라 보다 '깊게' 로

독서를 시작할 때는 누구나 '보호자' 가 필요하다. 어렸을 때 처음부터 서점이나 도서관에서 제 손으로 책을 고른 사람은 아마 없을 것이다. 처음에는 선생님이나 부모님이 '이것을 읽어 보렴' 하고 골라준다. 혹은 그것이 독서를 좋아하는 친구나 형제일 수도 있을 것이다. 그러는 사이 중학생 정도 되어 독서에 조금 익숙해지면 스스로 읽고 싶은 책과 읽고 싶지 않은 책을 선별할 수 있게 된다. 그 단계부터는 이제 '보호자 동반'은 필요 없어지며, 독자로서 '홀로서기'를 해야 한다. 그러고 보면 처음에 매력적인 '보호자'를 만났느냐 아니냐가 이후의 독서 추이에도 큰 차이를 가져오는 셈이다.

물론 그 '보호자'는 살아 있는 인간이 아니어도 상관없다.

내가 독서에 빠져들게 된 계기는 열네 살 때 읽은 미시마 유키오의 『금각사』였다. 지금 생각해도 거의 '대체 이게 뭐람' 하고 싶을 만큼 충격적인 내용이었기에, 당시에는 내용을 어디까지 얼마나 이해했는지도 의심스럽다. 그러나 나는 그렇기 때문에 오히려 더 흥미를 가졌던 것 같다. 일반적으로 어린아이에게 독서를 권할 때는 그 나이대의 이해력에 맞는 어린이용 책을 사주기 쉬운데, 개인적으로 그런 책은 재미가 없었다. 실제 인생에서는 친척의 죽음이나 부모의 이혼처럼 어린아이의 이해력이 미치지 못하는 사건이 가차 없이 일어나며, 우리는 나름대로 그것을 받아들이면서 성장해간다. 그럼에도 불구하고 책만 한

가하게 어린이를 대상으로 하는 내용을 다루고 있으니 외면하고 싶어지는 것은 당연하다.

『금각사』 쇼크 후 나는 한동안 미시마의 책만 섭렵했고 어느새 팬이 되어 있었다. 그러는 동안 이번에는 그가 소설이나 에세이에서 언급한 작가들이 궁금해지기 시작했다. 예를 들어 그가 토마스 만을 좋아한다고 말했다 치자. 그러면 그의 작품을 읽어봐야겠다고 생각한다. 그래서 토마스 만을 읽으면 이번에는 괴테 이야기가 나온다. 그래서 또 괴테를 찾아 읽었더니 이번에는 실러가 나온다. 그럼 또 실러를 찾아 읽고…… 이런 식으로 계속 연쇄작용이 일어난다. 또다른 곳에서 미시마가 도스토옙스키에 대한 글을 썼다면 이번에는 도스토옙스키. 도스토옙스키 다음은 고골…… 등등. 미시마는 그런 의미에서 나에게 말 그대로 독서의 길라잡이가 되어준 '보호자'였다. 그리고 미시마가 영향을 받은 다양한 작가들의 소설을 읽은 후 다시 한번 『금각사』를 비롯한 그의 작품을 읽어보자, 처음 읽었을 때보다 그 내용이 훨씬 잘 이해되어 몹시 기뻤다.

그러는 동안 미시마를 통해 만난 다른 작가에게 빠져들어서, 이번에는 나 자신의 독서 취향이 한쪽으로 쏠려 있다는 사실을 자각했고, 그것을 교정할 수 있는 책을 고르도록 주의하게 되었다.

　그러한 과정을 겪으면서 나는 독서의 기쁨을 알았고 나 자신의 취향을 알게 되었다. 그러나 그 이상으로 깨달은 것은, 어느 한 작가가 쓴 작품의 배후에는 엄청나게 광대한 말의 세계가 펼쳐져 있다는 사실이었다. 그 연결고리가 어느 한곳만 끊어졌어도 그 작품은 태어나지 못했을 것이다. 말이라는 것은 지구 규모의 매우 큰 지(知)의 구체(球體)이며, 그중 극히 작은 한 점에 빛을 비추는 것이 한 권의 책이라는 존재라고 나는 생각한다. 하나의 작품은 여태까지의 문학이나 철학, 종교, 역사 등의 방대한 말의 축적에 의해 존재하는 것이다. 그렇게 생각하면 우리는 책을 서둘러 '앞으로'만 읽어나갈 것이 아니라, 보다 '깊게' 읽어야 한다고 발상을 전환할 수 있지 않을까?

　작자는 도대체 무슨 말을 하려는 것일까? 그리고 그 주장은 무엇을 근거로 하는 것일까? 그것을 찾아내는 과정은 항상 점점 더 깊이 말의 숲을 헤치고 들어가는 이미지를 떠올리게 한다.

　한 권의 책을 천천히 시간을 들여 읽으면, 실은 열 권 스무 권을 읽었을 때와 마찬가지로 뿌듯함을 느낄 수 있다. 이것은 비유도 무엇도 아니다. 실제로 그 책이 태어나기 위해서는 열 권 스무 권이라는 책의 존재가 필요하며, 우리는 슬로 리딩을 통해 그들 존재를 향해 열린 길을 만날 수 있는 것이다.

'지독(遲讀)'이 곧 '지독(知讀)'

소설가가 책을 느리게 읽는 이유는 분명하다. 그들은 생각하면서 책을 읽기 때문이다. 중요한 구절을 만날 때마다 책을 놓아두고 생각에 잠긴다. 때로는 그대로 독서를 중단하고 다음날까지 계속 생각하는 경우도 있다. 그런 일을 반복하다보면 속독을 할 수 있을 리가 없다.

말할 것도 없이 이 '생각'이라는 행위야말로 독서에서 가장 중요한 것이다. 속독이란 요컨대 머리를 사용하지 않는 독서이다. 반면 '지독(遲讀)'은 즉 '지독(知讀)'이라고 할 수 있다.

가령 할당량을 정해놓고 하루에 세 권의 책을 읽기로 했다고 치자. 그렇게 되면 도저히 느긋하게 생각할 시간을 확보할 수 없다. '읽어야 한다'는 초조감은 독서를 빈곤하게 만들 뿐이다.

단순히 정보처리 속도를 높이는 것이 목적이라면 독서는 무의미하다. 주체적으로 생각하는 힘을 기르는 것. 이것이야말로 독서의 본래 목적이다.

소리 내어 읽지 않는다

최근 들어 '뇌의 활성화'라는 관점에서 음독(音讀)이 주목받고 있다. 음독함으로써 뇌의 전두부가 활성화되어 사고력과 의욕에 좋은 영향을 미친다는 것이다. 고령자에게 음독을 권하는 사람도 있고 어린이에게 음독을 권하는 사람도 있다.

그것은 건강법으로서는 나름 괜찮은 방법일 것이다. 또한 일본어의 음감에 관심이 있는 경우에도 좋은 방법일지 모른다. 그러나 책의 '내용'을 충분히 음미하는 것을 목적으로 하는 이 책에서는 음독은 권하고 싶지 않다. 슬로 리딩에 가장 적합한 것은 **묵독(默讀)**이다.

이미 지적했듯이, 원래 묵독 습관이 지방도시까지 널리 침투한 것은 유럽에서는 19세기 후반 무렵부터다. 그 이전에는 책자체가 별로 유통되지 않았기 때문에, 살롱에서 작가가 자신이 쓴 글을 낭독하여 들려주는 일이 많았다. 또한 작가 중에는 스탕달처럼 구술필기에 능한 사람도 있었다.

그러나 대부분의 작가는 원래 '묵필(默筆)'(?)이었다. 19세기 후반 이후에는 묵독이 독서의 중심을 이루게 되었고, 작가도 그것을 전제로 글을 씀으로써 내용이 내면화되어갔다. 가장 많이 바뀐 사례는 에로틱한 주제나 묘사 부분이다. 작가가 사람들 앞에서 음독을 하던 시대에는 일종의 자체적인 규제가 작용하여, 표현이 지극히 담백하거나 혹은 매우 우회적이었다. 그러나 독자의 묵독이 일반화되자 순식간에 표현이 풍부해졌다. 일본의 사소설*처럼, 자신을 차버린 여자에게 언제까지고 미련을 버리지 못하고 질질 끄는 고백이 주가 되는 소설이 나올 수 있게 된 것도 묵독이 전제되어 있었기 때문이다.

음독의 어려움은 첫째, '책을 골라야 한다'는 것이다. 어느 누구에게 들려주어도 부끄럽지 않을 만한 지극히 건전한 내용의 책이 아니면 도저히 소리 내어 읽을 수 없다. 그러나 대부분의 근대소설은, 그렇게 세상에 공공연하게 이야기하기는 힘들지만, 바로 이것이야말로 인간의 참모습이다 싶은 것을 그리고 있다. 그것은 성대의 육성이 아니라 혼의 육성을 통해 작자의 내면에서 독자의 내면으로 전달되는 것이다.

또 한 가지 음독의 문제는 '잘 읽는' 것에 의식을 너무 집중한 나머지 내용에 대한 주의력이 산만해진다는 것이다. 이것은 간단히 확인할 수 있다. 옆에 있는 소설을 아무 데나 다섯 페이

---

* 私小說. 작가가 자신의 생활체험을 써서 그 심경을 피력하는 일본 고유의 소설 양식.

지 정도 펼쳐놓고 묵독과 음독으로 비교하여 읽어보면 그 이해도의 차이가 분명해질 것이다. 앞에서 사용한 표현을 빌리자면, 음독의 의식은 '앞으로 더 앞으로'이다. '깊이, 더 깊이'라는 느낌은 없다. 게다가 음독을 하면 같은 곳을 반복해서 읽거나 생각할 시간을 갖거나 앞 페이지로 돌아가는, 즉 슬로 리딩의 기본 테크닉을 사용하지 못하고 술술 막힘없이 읽어나가는 것으로만 만족하게 된다.

　나는 소설을 집필할 때, 예전에는 음독을 자주 해봤지만 최근에는 거의 하지 않는다. 효과가 없기 때문이다. 문장의 리듬은 묵독할 때 더 정확하게 느낄 수 있다. 음독을 하게 되면, 문장이 좋아지는 게 아니라 읽는 기술이 느는 것인데 그것을 리듬이 좋아진 것이라 착각하게 된다. 게다가 음독은 집필이나 독서와는 다른 기술이기 때문에, 당연히 능력의 차이가 나타나게 마련이다. 흑인의 리듬감 있는 음악을 듣고 즐기는 것과 실제로 노래를 하거나 춤을 추는 것이 별개의 일인 것처럼, 음독 기술은 본래 독서를 즐기는 것과는 또 약간 다른 훈련이 필요하다. 모처럼 명문을 만났어도 낭독이 서툴면 그 리듬감은 무용지물이 될 것이다. 그러나 묵독이라면, 누구나 혀가 꼬일 염려 없이 그 리듬을 느낄 수 있다.

한 권의 책을 구석구석까지 음미하기 위해서는 오로지 묵독을 해야 한다. 리듬감을 즐기고 싶을 때는, 쓸쓸하게 혼자 읽지 말고, 누군가에게 읽어달라고 하는 편이 더 낫다.

베껴 쓰기는 비효율적이다

최근에는 생소한 이야기가 되었지만, 옛날 사람들은 문장력을 키우기 위해 시가 나오야(志賀直哉)의 소설을 열 번씩이나 베껴 썼다고 한다. 학창 시절 국어 과제로 소위 '명문'이라 불리는 문장들을 베껴 써본 적이 있을 것이다.

나는 좋다는 것은 무엇이든지 해보는 편이기 때문에 그 방법도 시도해보았지만, 얼마 안 있어 이건 아니라는 생각이 들어 그만두었다.

첫째로 이것은 음독과 같아서, '베껴 쓰는' 작업에 집중하게 되는 나머지 내용이나 문장에 대한 이해는 조금도 깊어지지 않는다는 난점이 있다. 작가에게는 각각 고유의 독특한 한자 사용법이나 가나 표기법이 있으므로, 그런 것을 알게 되는 이점은 있다. 그러나 긍정적인 측면이라고 하면 고작 그런 표기법 문제 정도에 불과하다.

또 실제로 해보면 알겠지만, 한 글자, 한 구절, 구두점에 이르기까지 정확하게 베껴 쓰기 위해서는 아무래도 원본을 자주 확인하게 되고, 그러다보면 문장의 흐름이 끊겨버려 정작 중요한 리듬도 전혀 파악할 수 없게 된다.

만약 경전 베끼기처럼 일종의 정신안정을 목적으로 한다면 일정한 효과를 기대할 수 있겠지만, 책의 내용을 깊이 이해하고 그 문장의 매력을 느끼고 싶다면 천천히 반복하여 묵독하는 것이 더 효과적이다.

속독법 같은 안이한 독서도 의심해봐야겠지만, 고행에 가까운 독서법 역시 일본인의 주특기인 정신론적인 것일 가능성이 높아 별로 신용할 수 없다. 열 번 베껴 쓰는 것은 일견 속독과는 정반대라고 생각할 수도 있겠지만, 실은 질보다 양에 주목한다는 점에서 같은 발상이다.

남에게 설명할 것을 전제로 읽는다

슬로 리딩의 유효한 기술 중 하나로 다른 사람에게 이야기할 것을 상정하고 읽는 방법이 있다. 읽은 후에 누군가에게 설명할 것을 전제로 책을 읽으면 잘 모르는 부분은 다시 읽게 되고, 그렇게 되면 자연히 이해력도 높아진다.

사람들은 의외로 현재 읽고 있는 책의 내용을 어렴풋하게밖에 이해하지 못한다. 꼼꼼하게 슬로 리딩했다고 생각해도 책을 덮으면 어라, 무슨 내용이 있었지? 하며 고개를 갸우뚱하는 경우도 자주 있다. 읽은 후에 친한 친구나 애인, 부모, 상사나 부하, 혹은 어딘가에서 처음 소개받는 사람에게 그 내용을 설명한다고 늘 상상하면서 읽으면, 어느 부분이 설명이 잘 안 되는지(=어느 부분에 대한 이해가 부족한지) 명확해진다. 그런 후에 그곳을 집중적으로 슬로 리딩하면, 막연히 읽었을 때보다 훨씬 더 효과적으로 책의 내용을 '살아 있는 지식'으로 흡수할 수 있을 것이다.

블로그에 독서 감상을 쓰는 것도 좋은 방법이다. 막상 쓰려고 하면 반드시 막히는 부분이 나온다. 그곳을 메우면 내용의 전체적인 상(像)이 확실하게 정착된다. 누구인지는 몰라도 블로그 방문자들에게 그 책을 소개한다는 생각으로 쓰려고 하다보면, 먼저 자신이 확실하게 이해해야 할 필요가 있다는 사실을 실감할 것이다. 그렇지 않고 단순히 '재미있었다'든가 '별로였다'라고만 쓴다면 모처럼의 독서체험이 무용지물이 되어버린다.

이를 응용해서, 읽은 내용을 외국인에게 외국어로 설명하는 장면을 상정하는 방법도 있다. 이것은 어학능력 향상뿐만 아니라 책의 내용을 이해하는 것 자체에도 도움이 된다. 영어나 프랑스어는 일본어보다 논리가 분명한 언어이기 때문에, 애매한 부분을 명확하게 하지 않으면 제대로 표현이 되지 않는다. 나는 실제로 외국인과 영어나 프랑스어로 문학 이야기를 할 때, 상대가 '왜 그렇죠?'라며 애매한 부분을 파고드는 바람에 식은땀을 흘린 경우가 몇 번이나 있다. 게다가 일본인끼리라면, 아, 그런 느낌 말이지, 하며 이해해줄 만한 이야기도 외국인에게는 통하지 않는다. 그것을 설명하는 것은 새삼 일본인으로서 이 작품을 어떻게 읽었는가 하는 문제의식을 갖게 해줄 것이다.

업무상 해외에 갈 기회가 많은 사람들은 잘 알고 있겠지만, 외국인은 상대방의 교양 정도를 매우 중시한다. 다행인지 불행인지, 그들은 첫대면인 우리가 사회의 어떤 클래스에 속하는지 어떤 사람인지 전혀 알 수 없기 때문에 대화가 모든 것이 된다. 그리고 지적으로 세련된 사람일수록 식사 자리에서는 심각한 업무 이야기나 정치, 종교, 어린이 교육문제처럼 언쟁의 화근이 되는 화제는 피하고, 소설이나 영화에 대해 이야기하는 것을 좋아한다. 그때 무엇이든 괜찮으니 자신이 좋아하는 책에 대해 짤막하게 내용을 설명하고 그에 대한 감상을 잘 표현할 수 있다면 상대의 신뢰감은 훨씬 커질 것이다. 제1부에서도 이야기했지만, 그런 것은 결코 하루아침에 이루어지지 않는다. 독서를 통해 미리 준비해두는 것이 중요하다.

복수의 책을 비교한다

책을 읽다보면 '아, 이건 다른 책에서 다른 작가가 한 말과 똑같은데' 하는 생각을 할 때가 있다. 그럴 때는 귀찮아하지 말고 책을 다 읽은 후에라도 전에 읽은 그 책을 찾아 펼쳐보자.

대부분의 경우 양자가 얼마나 다른지를, 즉 두 책의 내용이 같다는 생각이 자신의 착각이었음을 알게 될 것이다. 인간의 기억이란 미덥지 못한 것이라, 그렇게 확인해보면 단순히 지금 읽고 있는 책의 영향으로 전에 읽었던 책의 내용이 왜곡된 것에 불과한 경우가 있다.

그래도 여전히 비슷하다는 생각이 들 때에는, 그 의미를 곰곰이 생각해보자.

슬로 리딩에서는 단순히 '비슷하다'는 정도로 넘어가는 것은 좋지 않다. 우선 한 글자 한 구절이 완전히 똑같은지 아닌지 확인한다. 같은 경우, 우연인지 혹은 인용인지를 앞뒤 문맥으로 판단한다. 그리고 우연으로 추측된다면 어떻게 서로 다른 두 작가가 완전히 똑같은 표현을 사용하게 되었는지, 그 말이 나오게 된 배경에 대해 생각해본다.

인용인 경우에는 역시 왜 그것을 인용했는지를 생각해본다. 만약 영향관계가 있어서 무의식적으로 나온 표현이라는 생각이 들 때에는, 그 표현뿐만 아니라 두 책의 영향관계 전체에 대해 생각을 정리해두자.

완전히 같지 않을 때에는 어디가 같고 어디가 다른지 그 차이를 자세히 확인해봄으로써 양자의 의미가 보다 더 선명해진다. 이것은 단순히 '비슷하다' 정도로 넘어갈 때보다 독자에게 훨씬 더 풍부한 내용을 제공해줄 것이다.

그리고 다른 작가의 책이 아니라 같은 작가가 다른 시기에 집필한 내용을 비교하는 것도 의미 있는 일이다. 어떤 작가에게나 많든 적든 사상적인 변화가 있다. 그 변화를 짚어보면, 누구는 이러한 작가이다라는 단순한 단정에서, 누구누구는 이러이러한 생각을 가졌다가 만년에는 이렇게 바뀌었다는 식으로 한 작가를 훨씬 더 입체적이고 깊이 있게 이해할 수 있을 것이다.

제3부에서 소개할 카프카의 「다리」는, 『변신』과 비교하면서 읽으면 수수께끼 같은 내용을 풀어갈 실마리를 발견할 수 있다.

두 작품의 유사점은 '변신'이라는 현상에 있고, 상이점은 전자는 물체이며 후자는 생물이라는 점에 있다. 이것만으로도 한 작품만 읽을 때에 비해 내용의 이해도가 훨씬 높아진다. '다른 작품에서도 변신이라는 현상을 다루고 있는 걸 보니 이건 카프카에게 중요한 테마였겠구나' 하는 정도만 알게 되어도 큰 진전이다. 그런 진전의 축적이, 자신은 도저히 감당하지 못하리라고 생각했던 카프카의 소설을 이해하는 데 뜻밖의 길을 열어줄지도 모른다.

비교문학은 단순히 학문의 장르가 아니다. 슬로 리더라면 누구든지 비교문학적 방법으로 책을 읽고, 보다 분명하고 정밀한 지식을 쌓아갈 수 있다.

밑줄과 표시

학창 시절 교과서나 참고서를 빨간색 펜이나 형광펜으로 밑줄을 그으면서 읽은 사람이 많을 것이다. 물론 이유는, 그렇게 하면 내용이 머리에 잘 들어오기 때문이다.

공부하는 것 같아 꺼려질 수 있겠지만, 슬로 리딩을 할 때에도 마음에 걸리는 곳에 밑줄을 긋거나 표시를 하는 습관을 들이면 내용을 더 깊이 이해할 수 있다. 특히 어려운 책을 읽을 때일수록 이 방법은 유효하다.

우선 중요하다고 생각되는 부분에 밑줄을 긋는다. 혹은 물결선을 긋거나 「 」표시를 해둔다. 제3부에서 푸코의 문장으로 이것을 실천해볼 텐데, 어떤 표시를 하느냐에 대해서는 너무 신경 쓰지 말고 마음 내키는 대로 하면 된다. 요는 표시를 한다라는 행위 자체가 중요하다. 그리고 밑줄 이외에 키워드가 될 만한 단어는 동그라미나 사각형을 쳐서 특별히 강조해두자. 물론 필요하면 메모를 한다. 혹은 노트나 카드에 쪽수와 줄수를 적어두고 생각을 정리해두는 것도 유효하다.

다음으로, 이것은 교과서나 참고서 같은 책에서는 하지 않은 방법이겠지만, 접속사에 표시를 한다. 특히 주의할 것은 '그러나'이다. 일반적으로 '그러나'라는 접속사 앞뒤로 '최종적으로는 부정되어야 할 생각(대부분은 일반적으로 알려져 있는 통속적 견해)' → '그러나' → '작자의 의견'으로 문장이 구성되어 있다. '사람들은 ~라고 할 것이다. 그러나, 실제로는 ~하지 않다' 같은 식이다. 따라서 '그러나'라는 접속사가 나왔을 때 그 바로 뒷부분에 주목하면 작자의 주장을 잘 파악할 수 있다. 그것에 시각적으로 눈에 잘 들어오도록 ◇(↔라는 뜻으로) 같은 표시를 해두면, 한 페이지 안의 논리구조를 한눈에 확인할 수 있다. '그렇지만'이나 '하지만' '그래도' '그럼에도 불구하고' 등 역접 접속사들은 모두 같은 식으로 생각하면 된다.

그리고 '첫째/둘째'나 '한 가지는/또 한 가지는', '원래/덧붙여서' '우선/게다가' 등은 병렬적(혹은 보조적)으로 사실을 열거한 부분이므로, 역시 ○ 등으로 표시를 해두면 논점도 정리되고 내용을 망라할 수 있다.

그 외에 '그리고' 같이 논리의 전개를 나타내는 접속사, '그러므로' 같이 결론을 이끌어내는 접속사에 유의하며 책을 읽는 습관을 길러두면, 무작정 문장을 따라가는 것이 아니라 페이지를 그때그때 차트화하여 파악할 수 있다. 슬로 리딩은 속독처럼 페이지 전체를 시각적으로 망막에 새겨두는 방법을 부정하고, 어디까지나 한 글자 한 구절도 놓치지 않고 문장을 확인하는 독서법이다. 그 내용을 머릿속에서 정리하여 명확히 이해하기 위해서는 논리구조를 시각적으로 이미지화하는 것도 한 가지 방법이다.

한 문장을 읽고 중요하다고 생각해 밑줄을 긋거나 표시를 하면 결과적으로 그 부분을 두 번 읽는 셈이 된다. 그리고 전체를 차트화하여 논리구조를 시각적으로 확인한다. 더 나아가, 다시 그 페이지를 펼쳤을 때에는 어디가 중요하고 어떤 논지로 이루어졌는지 그것들을 참고하여 기억해낸다. 이것이 '밑줄과 표시'의 장점이다. (지금 연습 겸 시험 삼아 '한 문장을 ~ 장점이다'까지 밑줄을 긋고 표시를 하면서 다시 읽어보자. 차트화한 부분이 이해가 잘 된다는 사실을 실감할 수 있을 것이다.)

물론 펜을 들고 읽지 않고 누워서 뒹굴거리며 책을 읽는 경우도 있다. 그것도 나름대로 잘못된 것은 아니지만, 기억의 정착률이라는 의미에서는 역시 책상에 앉아서 책을 읽는 것보다 이해도가 훨씬 떨어지는 것은 확실하다.

수중에 펜이 없을 때는 책 귀퉁이를 살짝 접어두는 것만으로도 상당한 효과를 볼 수 있다. 영어에서는 이것을 마치 개의 귀가 늘어져 있는 것 같다고 하여 'dog ear'라고 부른다. 앞 페이지와 뒤 페이지 양쪽이 모두 중요할 때는 페이지의 위 귀퉁이와 아래 귀퉁이를 접어두면 된다.

표시 방법은 앞에서도 이야기했듯이 자기 나름대로의 방식으로도 충분하다. 그렇지 않으면 잘 되지도 않을 것이며, 방식은 때에 따라 바뀌어도 상관없다. 스스로 알아볼 수만 있으면 너무 철저하게 신경 쓸 필요는 없다. 그리고 그러한 작업에 익숙해지면, 마치 주판의 달인이 주판 없이도 알의 움직임을 상상할 수 있는 것처럼 실제로 펜으로 메모를 하지 않아도 페이지를 차트화할 수 있다.

'내 처지'로 바꾸어본다

독서, 특히 소설을 읽는 가장 큰 즐거움은, 그런 상황에서 나라면 어떻게 했을까 상상해보는 것이다. 사람들은 그 감각을 등장인물에 감정이 이입됐다, 공감했다, 하는 식으로 표현한다.

'내가 주인공과 같은 상황에 놓인다면 어떻게 될까?' '나라면 어떻게 대처할까?'—그런 생각을 하며 읽는 것은 고스란히 인생의 여러 상황에 대처하기 위한 트레이닝이 된다.

예를 들어 주인공이 사람을 죽였을 때에는 나라면 그럴 때 어떻게 행동했을지, 어떤 감정을 품게 될지를, 주인공이 실연을 당해 의기소침해 있을 때에는 어떻게 하면 그것을 극복할 수 있을지를 생각해본다. 이러한 입장 바꾸기를 통해서 공감을 하거나 반감을 품을 뿐만 아니라, 작자의 스토리에서 약간 벗어나 그 상황 속에서 자기 나름대로의 스토리를 생각할 수도 있다.

그러한 자유는 진정한 독서의 깊은 맛을 느끼게 해주며, 또한 이는 주체적으로 참가하는 독서의 방법이기도 하다.

서점에서 무심코 많은 책을 샀다가 너무 많이 쌓여 읽지 못하는 상태가 되면, 페이지를 넘기는 손도 빨라지기 마련이다. 그러나 몇 번이나 반복해서 말하지만, 양의 독서는 이제 끝내야 한다. 앞으로는 자신에게 소중한 책을 소중히 여기며 읽는 독서를 하자. 세상에 넘쳐나고 있는 막대한 책들은, 평생 동안 아무리 애써도 극히 일부밖에는 읽을 수 없다.

다 읽을 때까지 며칠이 걸려도 상관없다. 취침 전에 찔끔찔끔하는 독서도 나름의 맛이 있다. 최근의 뇌 연구에서는 인간의 기억이 정착하려면 수면이 불가피함이 밝혀졌다. 벼락치기를 한다 해도 밤을 새워 공부하고 다음날 시험을 보았을 때보다는, 세 시간 정도 공부하고 세 시간 수면을 취한 후에 시험을 보았을 때 더 좋은 결과가 나왔다는 보고도 있다. 이 이야기는 누구나 실감할 수 있을 것이다. 밤을 새우려고 했다가 그만 깜빡 잠들어버린 다음날 시험 결과가 의외로 잘 나오는 경우도 있다.

책을 읽는 경우에도 하루에 몇십 페이지를 읽기보다는 조금씩 수면을 취하면서 읽는 것이 장기적으로는 기억에 더 잘 남을 것이다.

어차피 책을 읽을 거라면 내용을 될 수 있는 한 오래 기억해두었다가 필요할 때 음미하는 것이 좋지 않은가. 기억에 남는 독서, 인상에 남는 독서를 위해서는 일부러라도 천천히 읽고자 하는 마음가짐이 중요하다.

'재독(再讀)' 이야말로 가치가 있다

서두에서도 인용한 작가 오에 겐자부로는 『나라는 소설가의 창작법私という小說家の作り方』에서 이렇게 말한다. "독서에는 시기가 있다. 책과의 절묘한 만남을 위해서는 때를 기다려야 하는 경우가 종종 있다. 그러나 그 이전의, 젊은 시절의 기억에 석연치 않은 무언가를 각인시킬 뿐인, 삼진 혹은 파울 같은 독서법에도 나름대로 의미가 있는 법이다."

재독의 의의는 이 말로 집약된다.

어떤 책을 읽어보고, 전혀 재미없다고 느끼는 경우가 있을 것이다. 혈기왕성한 젊은 시절에는 그것이 세간에서 높은 평가를 받고 있는 책이기라도 하면 화가 나기까지 할지도 모른다. 대체 무엇 때문에 이런 시시한 책을 떠받드는 거지?! 용납 못 해! 일본은 이제 끝났어! 하고 블로그에 악담이라도 쓰고 싶어진다.

그러나 몇 년 후 우연히 그 책을 다시 읽어보면, 어찌 된 셈인지 무척 재미있게 느껴지는 경우가 자주 있다. 책이라는 것은 그런 신비한 존재이다. 그리고 그렇게 되고 보면, 쓸데없이 흥분했던 자신이 겸연쩍어진다.

똑같은 한 권의 책이라도 자신이 처해 있는 상황이나 의식에 따라 그 재미는 완전히 달라진다. 학창 시절에 읽었을 때는 조금도 좋은 줄 몰랐던 책을 사회인이 되고 나서 읽어보니 뼈에 사무치게 공감이 되거나, 행복한 연애를 하고 있을 땐 차가운 눈으로 보던 불륜소설이 같은 처지가 되고 나니 눈물 없이는 읽을 수 없게 되기도 한다. 이러한 인상들은 결코 일관된 것이 아니다.

한 권의 책과의 만남은 평생에 단 한 번만으로 끝나는 것은 아니다. 그것은 생각보다 훨씬 더 길다. '읽고 난 후에 딱 덮어버리는' 한 순간의 독서 대신 '읽고 나서 책장'에 두고 생각하는 독서를 택해 우선은 책을 묵혀둔다. 그렇게 적당한 숙성기간을 거친 후에 다시 한번 그 책을 손에 들어본다. 그 숙성기간이란 물론 자기 자신의 숙성기간을 말한다.

자신에게 정말로 중요한 책을 오 년 후, 십 년 후에 가끔씩 꺼내 다시 읽어보라. 그 인상의 변화를 통해 우리는 자신의 성장의 흔적을 실감할 것이다. 외관의 변화는 사진이나 동영상이 보존해준다. 그러나 내면의 변화를 실감나게 해주는 것은 책이다.

그때, 예전에 표시했던 밑줄이나 메모는 자신의 관심의 기록이 된다. 옛날에는 신기하게도 이런 것에 감동했었군, 이쪽이 더 중요한데 여기에는 아무 표시가 안 되어 있군, 하는 식으로 여러 가지 발견을 할 수 있을 것이다. 그때에 이르면 메모의 삐뚤삐뚤한 필치, 문자의 기세 등 모든 것이 당시의 자신을 돌아보게 하는 단서가 된다.

같은 영화를 몇 번씩 보는 사람은 있지만 같은 책을 몇 번씩 읽는 사람은 점점 줄어들고 있다. 그러나 책은 '재독'에 가치가 있다. 읽을 때마다 새로운 발견을 하고 새로운 자신을 발견한다. 책과 그런 관계를 만들 수 있다면, 책은 더없이 소중한 인생의 일부가 될 것이다.

제3부 동서고금의 텍스트를 읽다
슬로 리딩 실천편

지금까지 슬로 리딩이라는 발상을 중심으로, 책을 읽는 방법에 대한 기본적인 생각과 그 응용에 대해 이야기해왔다.

　제3부에서는 소설을 중심으로 다양한 텍스트를 사용하여 이를 실천해보고자 한다. 앞에서 여러 가지 테크닉을 소개했기 때문에 중복되는 내용도 있겠지만, 이제부터는 하나하나 확인해가면서 그것들을 확실하게 익힐 차례이다. 슬로 리딩의 방법은 다양하기 때문에 반드시 모든 것을 한 번에 다 사용할 수는 없다. 여러 가지 카드를 가지고 있다고 생각하고 상황에 따라 유효한 테크닉을 적당하게 구사하길 바란다.

　이 글들은 간단한 도입부가 있고 그에 따른 예문이 이어지며 마지막으로 그것을 읽는 방법에 대한 해설이 나오는 식으로 구성되어 있다. 해설을 읽기 전에 각자 자기 나름대로 슬로 리딩으로 내용을 검토해보자. 그리고 해설과 비교하며 어느 정도 슬로 리딩이 실천되었는지 확인해보자. 물론 해설은 필자가 나름대로 슬로 리딩을 한 결과이므로, 그보다 더 풍부한 성과를 낼 수 있다면 더없이 기쁜 일일 것이다.

　독서 감상에 정답이라는 것은 없다. 허심탄회하게 책을 읽고, 그 결과 느끼고 생각하게 된 것은 모두 그 사람의 재산이다. 사람들과 어울릴 때, 무엇인가를 생각할 때, 인생의 기로에 섰을 때, 어려운 일을 겪게 되었을 때—그 재산은 생각에 따라 얼마든지 다양하게 활용할 수 있을 것이다.

◆ 나쓰메 소세키의 『마음』

　제일 먼저 다룰 것은 나쓰메 소세키*의 만년의 명작 『마음こころ』이다.

　소세키는 국어 교과서의 단골손님으로, 몇 년 전 '여유 교육' 논쟁이 일었을 때에도 '국어 교과서에서 나쓰메 소세키와 모리 오가이가 사라진다!'며 큰 소동이 벌어졌을 만큼, 국민작가로서의 존재감은 여전히 건재하다.

　국어 수업은 일종의 슬로 리딩 시간이다. 아마 학창 시절 대부분 읽어보았을 것이라는 생각에서, 감히 여기에서 다시 『마음』을 다루어보았다. 대부분의 사람들에게 이것은 긴 시간을 사이에 둔 '재독'이 될 것이다.

　『마음』은 제1부 「선생과 나」, 제2부 「부모와 나」, 제3부 「선생과 유서」로 구성되어 있다. 교과서에 수록되어 있는 부분은 주로 제3부 「선생과 유서」이다.

---

* 夏目漱石, 1867~1916. 영문학자이자 소설가. 1900년 일본 최초의 국비유학생으로 영국에 유학을 갔다가 귀국 후 도쿄 대학 강사를 거쳐 후에 아사히신문사에 입사하였다. 대표 작품으로 『나는 고양이로소이다』『런던탑』『도련님』『산시로』『그후』『문』『행인』『마음』『명암』 등이 있다.

『마음』은 친구가 호감을 갖고 있던 여자를 계략으로 빼앗고, 그 결과 그 친구는 자살을 한다는 무거운 테마의 소설이다. 그녀와 결혼한 후에도 주인공은 계속 죄책감을 가지고 살아가다가, 메이지 천황의 붕어와 노기 대장*의 순사 소식을 듣고서 결국 자신도 자살을 결심한다는 내용으로, 사랑, 우정, 에고이즘, 죽음 등 심각한 테마가 중층적으로 겹쳐 있는 제3부는 소설 『마음』의 클라이맥스라 할 수 있다.

그러나 교과서에서는 곧잘 생략되는 제1부와 제2부가 쓸데없이 존재하는 것은 물론 아니다.

당연한 말이지만 그것들은 제3부를 준비하는 중요한 역할을 한다. 여기서는 특별히 주목받는 일이 거의 없는 제2부 가운데 제15장을 실어보았다. 이미 읽은 사람은 이 부분이 제2부 전체에 어떤 의의를 지니고 있는지 생각하면서 재독하기 바란다.

---

* 노기 마레스케(乃木希典, 1849~1912)의 통칭. 메이지 막부 시대의 육군 군인으로, 막부 말 번(藩)의 신군(新軍)에 가담하였고 메이지 유신 후에는 신정부의 육군에 들어갔다. 1912년 메이지 천황의 죽음을 맞이하여 부인 시즈코와 순사했다.

"선생님, 선생님 하는데 그게 도대체 누구냐?" 하고 형이 물었다.

"저번에 말했잖아요" 하고 나는 대답했다. 나는 자기가 질문해놓고 금방 남의 대답을 잊어버리는 형이 불쾌했다.

"듣기는 들었지만."

그러니까 형은 들었어도 이해할 수 없다는 거였다. 나로서는 무리해가면서까지 형에게 선생님을 이해시킬 필요는 없었다. 하지만 화가 났다. 또 그 형다운 구석이 나왔다는 생각이 들었다.

선생님, 선생님 하면서 내가 존경하는 이상 그 사람은 반드시 저명인사가 아니면 안 될 것으로 형은 생각하고 있었다. 적어도 대학 교수 정도는 될 걸로 생각하고 있었다. 이름 없는 사람, 아무 일도 하지 않는 사람이 무슨 가치가 있을 것인가? 형의 생각은 이 점에서 아버지와 똑같았다. 하지만 아버지가 능력이 없어서 놀고 있는 거라고 속단하는 데 비해, 형은 무슨 일인가 할 수 있는 능력이 있는데도 빈둥빈둥 놀고 있는 것은 별 대수로울 것 없는 인물이라서 그렇다는 식의 말투였다.

"에고이스트는 안 돼. 아무 일도 하지 않고 살아가려는 생각은 뻔뻔한 생각이니까. 사람은 자기가 갖고 있는 능력을 가능한 한 발휘하지 않으면 안 돼."

나는 형을 향해 자신이 쓰고 있는 에고이스트라는 말의 의미를 제대로 알고나 있느냐고 되묻고 싶어졌다.

"그렇더라도 그 사람 덕택에 지위를 얻을 수 있다면 다행이라고 해야겠지. 아버지도 기뻐하고 계신 것 같으니까."

형은 나중에 이런 소리를 했다. 선생님한테서 확답을 하는 편지가 오지 않는 이상 나는 그렇다고 믿을 수도 없었고 또 그렇다고 말할 용기도 없었다. 취직 이야기가 어머니의 속단으로 모두에게 떠벌려진 이상 나로서는 이제 와서 그 이야기를 부정할 수도 없게 되었다. 나는 어머니의 성화가 아니더라도 선생님의 편지를 기다리고 있었다. 그리고 그 편지에 모두가 생각하고 있는 취직 이야기가 씌어 있으면 좋겠다고 은근히 원했다. 나는 빈사상태에 있는 아버지를 봐서라도, 그 아버지를 조금이라도 안심시키고 싶어하는 어머니를 위해서라도, 일을 하지 않으면 사람이 아닌 것처럼 말하는 형을 봐서라도, 그 밖에 여동생이며 큰아버지며 큰어머니며 하는 사람들에 대한 체면 때문에라도, 내 자신은 전혀 무관심한 일에 신경을 쓰지 않으면 안 되었다.

아버지가 노란색의 묘한 것을 토했을 때, 나는 전에 선생님과 사모님한테서 들었던 위험한 상황을 떠올렸다. "저렇게 오랫동안 누워 있으니 위도 나빠질 만하지"라고 말하는 어머니의 얼굴을 보고, 아무것도 모르는 그 사람 앞에서 눈물지었다.

형과 내가 거실에서 만났을 때 형은 "들었나?" 하고 물었다. 그건 의사가 돌아가기 직전에 형에게 한 말을 들었느냐는 뜻이었다. 나로서는 설명을 기다리지 않아도 그 의미를 잘 알고 있었다.

"너, 여기 돌아와서 집안을 돌볼 생각 없냐?" 하며 형이 나를 돌아보았다. 나는 아무 말도 하지 않았다.

"어머니 혼자서는 힘들 테니까" 하고 형이 또 말했다. 형은 나를 흙냄새를 맡으며 썩어가도 아깝지 않은 인간으로 여기고 있었다.

"책을 읽는 것뿐이라면 시골에서도 충분히 할 수 있고, 게다가 일할 필요도 없으니 마침 좋은 거 아니냐?"

"형이 돌아오는 게 순서 아닙니까?" 하고 내가 물었다.

"내가 그런 일을 할 수 있을 것 같으냐?" 하고 형이 일언지하에 거절했다. 형의 마음은 앞으로 세상 속에서 일을 해나가고자 하는 의욕에 넘치고 있었다.

"네가 싫다면. 글쎄다. 큰아버지한테라도 어머니를 돌봐달라고 부탁은 하겠지만, 그렇다고 하더라도 어머니는 누군가가 모셔야 하지 않겠니?"

"어머니가 과연 이곳을 떠나려고 하실지 아닐지 그것부터가 의문인데요."

형제는 아직 아버지가 돌아가시기 전부터, 아버지가 돌아가신 이후의 일에 대해 이런 말을 주고받고 있었다.

나쓰메 소세키, 『마음』
(『나쓰메 소세키 전집 8』, 지쿠마 문고, 139~141쪽)[*]

회화 속의 '의문문'에 주의한다

자, 읽고 나서 어떤 인상을 갖게 되었는지 궁금하다. 메이지 시대의 문호 나쓰메 소세키라고 해서 경원시했던 사람들은, 의외로 수월하게 읽히는 데 놀라지 않았을까 싶다.

먼저 처음에 나오는 "선생님, 선생님 하는데 그게 도대체 누

---

[*] 이 부분의 한국어 번역은 박유하 옮김, 『마음』, 웅진닷컴, 2002에서 발췌하였다.

구냐?" 부분부터 시작해보자. 형이 주인공에게 던진 이 질문은 실은 **독자의 목소리를 대변한** 것이다. 잘 알려진 바와 같이『마음』은 "나는 그 사람을 항상 선생님이라고 불렀다"라는 문장으로 시작된다. 소설가는 첫 문장에 매우 공을 들이기 때문에, 이 '선생님'이라는 말은 작품의 키워드 중 하나라고 생각해도 될 것이다. 좀 서둘러 넘겨짚는 것 같지만, 이는 결과적으로는 틀린 생각이라도 상관없다는 정도로만 머리 한구석에 담아두자. 그 생각에 구애받지 말고 또, 그렇다고 해서 전혀 의식하지 않는 것도 아닌 정도의 감각으로 말이다.

그런 의미에서는, 아무것도 아닌 것 같아도 이 "선생님, 선생님 하는데 그게 도대체 누구냐?"라는 문장은 소설의 시작 부분과 **호응**하고 있다. 이러한 작품 속 말의 어울림이나 호응관계를 파악하면, 갑자기 소설 전체의 구조에 대한 전망이 밝아지는 경우가 있다.

독자들은 지금까지 계속 이 수수께끼 같은 '선생님'에 대해 의문을 품고 있다. 교사도 아니고 의사도 아니다. 어째서 '선생님'인 것일까?

그와 같은 독자의 의문은 작자도 예감하고 있었을 것이다. 그리고 여기서는 형을 통해 독자의 목소리를 작품 속으로 끌어들여 그에 대응하려 하는 것이다.

소설을 읽을 경우, 이와 같이 등장인물이 '의문문'으로 질문하는 장면이 나왔을 때는 주의를 기울일 필요가 있다. 작자에게는 자신의 작품에 대한 독자의 의문이나 반론에 대답하고 싶은 욕구가 있기 때문에 그를 위한 장소를 어딘가에 설정하고 싶어한다. 대화 속의 질의응답은 그에 딱 적합한 장소로, 소설 이외의, 예를 들어 '대화편(對話篇)'* 같은 장르는 오직 질의응답만으로 작품이 성립된다.

그런데 여기서 중요한 것은, 그러한 의문이 왜 굳이 형에 의해 제기되는가 하는 점이다. 단순히 우연이라고 단정짓지 말고—물론 결과적으로 우연인 경우가 있다고 하더라도—그에 대해 생각해보는 수고를 아끼지 말도록 하자. 항상 '왜?' 하고 생각해보는 것은 슬로 리딩의 기본이다.

인용문에 나타나 있는 대로, 실은 이와 같은 질문은 앞서 제8장에서도 아버지에 의해 제기된 적이 있었다. 따라서 제2부는 제3부에 이어지는 '선생님'의 죽음을 앞두고, '선생님'은 도대체 어떤 자인지, 그리고 '선생님'은 주인공에게 어떤 존재였는

---

* 플라톤의 저서 중 하나로, 소크라테스를 주인공으로 그가 제자들과 나눈 대화를 내용으로 한다.

지를 '선생님'이 등장하지 않는 장면에서 면밀히 확인해둔다는 데 의미가 있다.

주인공은, "이름 없는 사람, 아무 일도 하지 않는 사람"은 가치가 없으며 '선생님'이라는 명칭으로 부를 수 없다는 점에서 아버지와 형의 생각이 일치하고 있음을 지적한다. 한편 그 차이도 언급하는데, "아버지가 능력이 없어서 놀고 있는 거라고 속단하는 데 비해, 형은 무슨 일인가 할 수 있는 능력이 있는데도 빈둥빈둥 놀고 있는 것은 별 대수로울 것 없는 인물이라서 그렇다"고 생각한다는 것이다. 이러한 '아버지가 ~, 형은 ~'이라는 표현은 한문에서 자주 볼 수 있는 **대구 표현**이다. 이런 곳에서 두 개의 주어를 확실히 파악해두면, 무엇이 대비를 이루고 있는지를 잘 알 수 있다.

여기서 상이점은 아버지는 "능력이 있으면 그에 합당한 일을 하는 것이 당연하다 = '선생님'은 무능하다"라고 이해하는 데 반해, 형은 "능력이 있어도 그에 합당한 일을 하지 않는 인간이 있다 = '선생님'은 무능한 것 이상으로 별볼일 없는 인간이다"라고 생각한다는 점이다. 아버지의 '상식'과 형의 '상식'의 차이의 배경은 바로 **세대**이다. 여기서 독자는, 이러한 세대차가 이 소설의 큰 테마일 것이라고 추론할 수 있다.

어느 쪽이든 간에 아버지와 형의 이 '선생관'은 주인공과 대립한다. 즉 여기에서 작자는 일부러 아버지와 형이라는 두 인물을 내세워 두 세대의 사회적 목소리를 반영하고, 이를 통해 '선생님'에 대한 독자의 의문을 대변하게 하고 있는 것이다.

그렇게 생각해보면, 실제로 유명인도 무엇도 아니면서 '선생님'이라 불리는 이 인물에 대해, 우리는 그 단어 자체에 주목하지 않을 수 없다. '선생'이라는 경칭은 일반적으로는 특정한 직업(교사, 정치가, 의사 등……)과 결부하여 생각하게 된다. 그러나 원래 의미는 문자 그대로 '먼저(先) 태어난(生) 사람'(『고지엔』)이며, 상대어는 '후생(後生)'이다.

말의 의미는 중층적이다. 어? 하는 생각이 들었을 때에는 반드시 사전을 찾아야 한다. 사람들은 '선생'이라는 말의 일반적인 의미를 아무 비판 없이 전제로 하고 있기 때문에, 속독을 하면 이런 점을 놓치기 쉽다.

이 『마음』이라는 소설은 1914년, 즉 다이쇼 3년에 발표된 것으로, 그야말로 메이지* 시대에서 다이쇼** 시대로 변화하는 시기를 무대로 해서 메이지 시대의 종언과 함께 자살하는 인간

* 明治, 일본의 연호. 1868~1912.
** 大正, 일본의 연호. 1912~1925.

을 그리고 있다. 즉 여기서 말하는 '선생'이란 앞으로 다이쇼 시대를 살아갈 '후생'인 주인공에게 있어, 그 전 시대의 정신을 체현하고 있는 인물로서의 '선생'이다.

물론 주인공은 이 말을 경칭으로 사용하고 있다. 그러나 작자는 분명히 또다른 의미인 '먼저 태어난 사람'이라는 뜻에 포커스를 맞춰 이 말을 사용하고 있다. 그리고 이때 '선생'이라는 것은, 그후 이어진 근대화를 거친 우리와 같은 독자 모두에게도 '먼저 태어난 사람'이 된다.

'위화감'에 주의한다

형과의 이 대화는 "에고이스트는 안 돼. 아무 일도 하지 않고 살아가려는 생각은 뻔뻔한 생각이니까"라는 말로 이어지고 있다. 지금 '선생님'에 대해 상당히 자세히 살펴본 우리로서는 이 문장은 납득이 아주 잘 되겠지만, 처음 읽었을 때는 조금 비약이라는 느낌과 함께 위화감을 느끼진 않았는가? 이런 부분은 작자가 다소 무리를 해서라도 중요한 말을 해두고 싶어하는 장면이다. 따라서 그것을 소설로서 '서툴다'고 폄하해버리고 마는 것과, 그 억지스러움이 의미하는 바가 무엇일지를 생각하는 것은 작품을 이해하는 데 천양지차를 초래한다.

키워드는 '에고이스트(이기주의자)'이다. 이것은 제3부의 중심 주제가 되는 무척 중요한 단어인데, 소설에 등장하는 것은 이 장면이 처음이다.

작자로서는 그에 대한 준비로 먼저 독자들이 이 말에 대해 알아두기를 바라고 있다. 그러기 위해 이 장면은 필요불가결하며, 그럴 때 일부러 주의를 환기시키기 위해 위화감을 유도하는 경우가 있는가 하면, 좋은 생각이 나지 않아서 결과적으로 위화감이 들게 하는 경우도 있다.

이 경우는 어떨까? 자세히 살펴보면 이것은 앞에서 확인한 아버지와 형의 '선생관'의 차이에 바탕을 두고 있음을 알 수 있다. 형이 문제 삼고 있는 것은 '선생님'이 '자신이 가지고 있는 재능을 최대한 활용하지 않는다'는 것이다. 이 의견을 당연하다고 여기는 독자는 많을 수 있다. 그러나 재능을 최대한으로 활용하지 않는 것을 곧 '에고이스트'라고 말할 수 있느냐 하면, 그것은 별개의 문제가 아닐까? 극단적으로 말하자면 아무리 훌륭한 재능을 가지고 있어도 그것을 살릴지 말지는 본인 마음에 달려 있다. 아무한테도 폐를 끼치지도 않고, 또 아무도 그의 재능 덕분에 득을 보지도 않는다. 그런데 남에게 이익이 될 수 있는 능력을 가지고 있음에도 불구하고 그것을 제공하지 않는 '본인의 자유'를, 여기에서는 '에고이스트'라고 비난한다. 이 비난은 과연 정당한 것일까?

이것은 매우 현대적인 문제로, 슬로 리더는 여기서 잠깐 멈춰서서 곰곰이 생각해봐야 한다. 여기에서 엿볼 수 있는 것은 사람의 존재의의를 '유익성'(도움이 되는가 되지 않는가)의 관점에서 평가하고자 하는 공리주의적 인간관이다. 형은 이 시대에 보급되고 있던 그러한 사고방식을 대표하고 있다. 동시에 이미 그후 일본의 궤적을 알고 있는 우리 현대의 독자들은, 공공의 이익을 위해 자신의 능력을 아낌없이 제공해야 한다는 전체주의적 발상의 맹아까지도 엿볼 수 있을 것이다.

다음 예문에 나올 모리 오가이나 발자크 같은 유럽작가도 그렇다고 할 수 있는데, 사회가 급속도로 근대화되어가던 시대를 산 작가들은 '에고이즘'과 '헌신'이라는 서로 대립되는 가치관에 대해 매우 고민했다. 인간은 누구나 자신을 사랑한다. 그것은 부정할 수 없는 사실이다. 봉건제에서 해방된 시대의 사람들은 자유의 고마움을 온몸으로 느꼈다. 그렇지만 자신이 가장 소중하다는 생각은 결국 스스로를 '에고이즘'에 빠지게 한다. 그렇다고 해서 여기서 형이 말하는 것처럼 인간은 일종의 의무로서 타인에게 자신의 능력을 제공해야 하는 것일까? 그렇지 않다면 타자에게도 도움이 되고 자신에게도 도움이 되는 삶은 어떤 것일까? ―이것은 현대에도 통용되는 중요한 테마이다.

이런 식으로 작품의 주제를 현대로 끌어들여 비교해서 생각하는 것 역시 작품의 독해에 깊이를 제공할 것이다. 옛날과 비교해봐야 비로소 현대라는 시대도 보이는 법이다.

우리는 이 장면에서 다소 갑작스럽게 등장한 '에고이스트'라는 말 하나로 이렇게 많은 것을 생각할 수 있었다. 그것이 가능했던 것은, 우리가 이 말이 출현한 방식에서 느껴진 아주 작은 위화감에 민감하게 반응했기 때문이다.

예를 들어 등장인물이 대화 도중 차를 한 잔 마셨다는 등의, 이런 묘사가 왜 필요했을까 싶은 사소한 대목도 실은 긴장에서 오는 갈증을 나타내거나 한숨 돌릴 행간의 필요성을 암시하는 장치일지도 모른다. 그렇다면 그 뒤에 이어지는 내용은 긴장감을 갖고 이야기해야 할 만큼 중요한 것일 가능성이 크다.

소설 속에는 그와 같은 힌트가 여기저기 풍부하게 흩어져 있다. 그 하나하나를 얼마나 놓치지 않고 파악할 수 있는가 하는 것이, 보다 깊은 독해에 도달할 수 있느냐 없느냐를 결정하는 갈림길이 된다.

'시대배경' 과 '5W1H' 를 생각한다

영문독해 수업에서는 5W1H에 주의하라라는 말이 자주 나온
다. 5W란 who(누가), when(언제), where(어디서), what(무
엇을), why(왜)이며, 1H란 how(어떻게)이다. 이는 일본어로
된 책을 읽을 때에도 마찬가지로 중요하다. 우리는 작품 내의
5W1H와 작품의 성립에 관련되는 5W1H를 모두 의식해야 한
다. 작품에 따라서는 반드시 그 모든 것이 명확하지는 않은 경
우도 있고, 현대소설에서는 일부러 그런 전제를 무시하는 경우
도 있지만, 그런 경우에도 불명확하거나 무시하고 있다는 사실
자체가 어떤 의미를 나타내는 것이라 볼 수 있으므로 이 역시
머리 한구석에 기억해두자.

『마음』은 소세키가 1914년에 아사히 신문에 연재한 작품이
다. 작품상의 시간은 메이지 시대 말기에서 다이쇼 시대에 걸쳐
있다. 장소는 당연히 일본이다.

'선생님' 이라는 말에 무게가 있듯이, 이 소설에서는 전체적
으로 'when' 이 큰 의미를 가지고 있다. 5W1H라 해도 작품마
다 장면마다 그 중심은 다르다. 동시에 제1, 2, 3부의 무대가 각
각 도쿄, 지방, 도쿄로 이동하고 있듯이, 도쿄와 지방의 격차,

즉 'where'에도 초점이 맞추어져 있다.

메이지 유신 이후 사회는 급변했다. 막번체제*라는, 봉건제이면서도 일종의 연방제처럼 지방도시의 독립성이 강했던 시대에는 공부를 위해 청년들이 무리지어 에도**로 향하는 일은 없었다. 그러나 메이지 시대 이후 국가의 중앙집권화가 진행되면서 이 또한 크게 변화한다. 수준 높은 학문을 익히고 입신출세를 하기 위해서는 도쿄로 갈 수밖에 없었다. 『마음』의 제2부에는 그 당시 지방도시의 분위기가 매우 잘 나타나 있다. 주인공의 부모는 도쿄의 대학에 진학한 아들이 고수입을 얻을 수 있는 직장을 구할 것이라고 맹신하고 있다. 그런데 현실적으로 주인공인 아들은 정체를 알 수 없는, 하는 일도 일정치 않은 사람을 '선생님'이라 부르며 따른다. 그 '선생님'은 주인공을 사회적인 성공으로 이끌어주기는커녕 자신의 '에고이즘'에 괴로워하고 있다. 그러한 아이러니가 매우 선명하게 나타나 있는 것이 이 장이다.

제15장에서도 형은 "너, 여기 돌아와서 집안을 돌볼 생각 없냐?"라며 동생의 의사를 타진하고 있다. 주인공의 형은 매우

---

* 幕藩體制, 일본 근세사회의 조직을 막부(幕府)와 번(藩)이라는 봉건영주제의 형식으로 파악하는 역사적 개념.
** 江戸, 도쿄의 옛 이름.

합리적이며 사회적으로도 유익한 인물로 그려지고 있다. 그리고 그의 입장에서 보면 '책만 읽는 것뿐이라면', 즉 사회에 아무 도움도 주지 않는 일이라면 '시골에서도 충분히 할 수 있' 다는 것이다.

이 말은 도쿄와 지방의 대비를 유용(有用)이냐 무용(無用)이냐 하는 단순한 대비로 바라보던 당시 젊은 세대의 생각을 단적으로 나타내고 있다. 주인공이 본가에 돌아와야만 했던 이유 역시 부친의 병이라는, 경제활동과는 상관없는 문제 때문이다. 그리고 K, 메이지 천황, 노기 장군, 부친의 죽음은 그와 같은 공리적 원리로 수렴되지 않는 사건으로서 등장인물들을 구속한다.

『마음』은 극히 단순하게는 연애 드라마라고 생각할 수 있지만, 이렇게 5W1H를 꼼꼼히 살펴봄으로써 그 복잡하고 중후한 주제를 풀어나갈 수 있다. 또한 그것을 부각시키는 것이 도쿄에서 자살하는 선생님과 지방에서 병사하는 아버지를 비롯해, 선생님과 K, 선생님과 나, 형과 나 등 다양한 인물의 대비라는 점에도 주의하기 바란다.

슬로 리딩의 실천으로 보자면 아직 지적할 점이 많지만, 지면 관계상 이쯤에서 일단 마무리를 해두겠다. 나머지는 각자의 탐구에 맡기겠다.

다시 전체로

물론 작품을 읽고 한 번 만에 이상과 같은 관점을 모두 갖게 되는 것은 아니다. 내가 처음 『마음』을 접한 것은 고등학교 교과서를 통해서였는데, 그것은 제3부의 일부에 지나지 않았기 때문에 내친김에 문고본으로 전체를 읽어보았다. 그때는 솔직히 지금 지적한 사실들을 거의 알지 못했다. 제3부 역시 연애에 나타나는 인간의 '에고이즘' 외에는 별로 깊이 생각하지 않았고, 여기에서 다룬 제2부는 부친이 병이 나서 본가로 귀성했구나 하는 정도로밖에 생각하지 않았다. '선생님'이라는 말도 마찬가지로 깊이 생각해보지 않았다.

그런데 몇 년이 지나고 나서 슬로 리딩을 해보니, 당시의 나는 그야말로 '삼진 아웃' 상태였다고 실감했던 것이다.

재독에는 이러한 감동이 있다. 지금 예문을 읽고 흥미를 느낀 사람들은 즉시 전체를 다시 읽어보기 바란다. 거기에서 발견하는 것은 나의 지적보다 훨씬 더 풍부한 결실을 안겨다줄 것이다. '구조 전체를 시야에 넣고 읽는다'는 것. 그것의 의미를 절감할 수 있는 예문이라 생각한다.

그럼 다음 예문으로 가보자.

◆ 모리 오가이의 『다카세부네』

모리 오가이* 역시 소세키와 나란히 일본 근대문학의 쌍벽을 이루는 인물이다.

소세키에 비해 단편이 주를 이루고 있고, 장편은 만년의 딱딱한 사전(史傳)** 정도(다른 것은 모두 미완)이며 내용과 문체 모두 수수하기 때문에 인기 면에서는 소세키에게 떨어지는 감이 있지만, 개인적으로는 매우 좋아하는 작가라 더 많은 사람들이 읽어주었으면 하는 마음이다.

여기서 예로 들 것은 모리 오가이의 작품 중에서도 주제가 매우 분명한 『다카세부네高瀬舟』이다. 이 역시 국어 교과서의 단골손님이므로 이미 읽은 사람들도 많을 것이다.

모리 오가이는 『다카세부네 기원高瀬舟緣起』이라는 짧은 부

---

* 森鷗外, 1862~1922. 도쿄 대학 의과대학 출신으로 군의가 되었다가 유럽에 유학, 육군군의총감과 제실박물관장을 역임하였다. 문예에도 조예가 깊어 『시가라미소시しからみ草紙』를 창간하였으며 서구문학 소개, 번역, 창작, 비평에 힘써 메이지 시대 문단의 중진이 된다. 대표 작품으로 『무희』 『기러기』 『아베일족阿部一族』 『다카세부네』 등이 있다.
** 역사적 사실에 근거하여 쓴 전기를 말하며 모리 오가이가 독자적으로 개척한 장르이다.

기에서, 원래는 에도 시대에 편찬된 『할미꽃 翁草』이라는 수필집 속의 이야기를 바탕으로 이 소설을 썼다고 밝히고 있다. 그는 그 수필에서 재산에 대한 관념과 안락사에 대한 관념이라는 크고 현대적인 두 가지 주제를 발견하고 그것을 소설화하고자 했다. 이는 그대로 『다카세부네』의 주제로 이어진다.

재산에 대한 관념이란 구체적으로는 '만족할 줄 아는' 심성을 말한다. 일반적으로 이 소설의 주제는 후자인 '안락사' 쪽에만 클로즈업되고 있는데, 모리 오가이의 전 작품과 그의 생애를 조감해보면 전자인 '만족할 줄 안다'라는 주제가 더 오랫동안 그의 관심을 끌고 있었음을 알 수 있다.

등장인물은 섬으로 유배를 떠나는 죄인 기스케(喜助)와 기스케를 다카세부네로 호송하는 관리 쇼베에(庄兵衛). 기스케가 서른 살 정도이고 쇼베에는 초로(당시로는 마흔 살 정도)에 가까운 연령으로 설정되어 있다. 죄인과 관리라는 상하관계에 부합하도록 일부러 기스케를 연하로 그리고, 쇼베에의 감정이입에 방해가 되지 않도록 적당한 연령차를 설정했을 것이다. 때는 간세이* 무렵. 장소는 교토(京都)의 다카세가와(高瀨川) 강에 떠

---

* 寬政. 일본의 연호. 1789~1801.

있는 배 안으로, 기스케와 쇼베에 단둘만 타고 있다. 아울러 이 작품은 1916년, 즉 다이쇼 5년에 발표된 것으로 『마음』보다 조금 늦다.

쇼베에는 다카세부네로 호송중인 기스케가 죄인임에도 불구하고 몹시 밝은, '유람선이라도 탄 듯한' 표정을 짓고 있는 것을 줄곧 이상하게 여기고 있다. 대부분의 죄인들은 다카세부네에서는 '차마 눈뜨고 볼 수 없을 만큼 딱한 모습'을 하고 있는 법이다. 그래서 쇼베에는 그 이유를 물어보았다. 그때부터, 상황에 변화가 전혀 없던 소설이 움직이기 시작한다. 『마음』에서도 보았듯이 쇼베에의 질문은 독자의 의문을 대변하는 것이다. 즉 이에 대한 대답이 작품에서 매우 중요한 것임을 예측할 수 있다.

기스케의 대답은 다음과 같다. 자신은 오늘날까지 지독히도 가난하게 살아왔고, 유배형을 받았지만 생활비로 이백 푼을 받았다. 소소한 액수지만 자신은 지금까지 손에 넣어본 적이 없는 액수라 기쁠 따름이라는 것이다. 쇼베에는 그 심정을 이해하면서도 기스케의 욕심 없음, '만족할 줄 아는' 마음을 역시 신기하게 생각한다. ─이것이 대략의 내용인데, 개인적으로 꼭 직접 작품을 접해보길 바라는 바이다. 모리 오가이는 비단 금전에 대해서만이 아니라, 인간의 욕망이란 한이 없다는 사실에 대해 계속 천착해왔다. 그에 대해 그는 그 유명한 '체념'이라는 경지를 제시한다. 그 점에 대해 궁금한 사람은 『망상』이라는 작품을 읽어보기 바란다. 어쨌든 '어떻게 만족하느냐'라는 문제는 물욕이 활개치며 사회를 좌지우지하고 있는 현대에도 중요한 테마이다.

쇼베에가 감동한 것은 기스케가 욕망의 증진을 지극히 자연스럽게 멈추는 법에 대해 알고 있었기 때문이다. 그 사실을 깨달은 쇼베에는 "기스케의 머리에서 호광(毫光)*이 비치는 것 같았다"고 말한다.

이것이 이 작품의 하나의 주제이다. 그럼 이번에는 그에 이어지는 두번째 주제―유명한 안락사 신을 예로 들어 슬로 리딩을 시도해보자.

> 쇼베에는 기스케의 얼굴을 지켜보며 다시 '기스케 씨' 하고 불렀다. 이번에는 '씨'를 붙였는데 이것은 충분히 의식을 하고 바꾼 호칭은 아니었다. 그 목소리가 자기 입에서 나와 자기 귀에 들어가자마자 쇼베에는 이 호칭이 온당치 못함을 깨달

---

* 부처의 미간에 있는 백호(白毫)에서 사방으로 뻗치는 광채.

았지만 그렇다고 이제 와서 이미 내뱉은 말을 돌이킬 수도 없었다.

"예?" 하고 대답했지만, 기스케도 '……씨'라 불린 것이 이상했는지 쭈뼛쭈뼛 쇼베에의 기색을 살폈다.

쇼베에는 조금 어색한 것을 꾹 참고 말했다. "별걸 다 물어보는 것 같지만, 자네가 이번에 섬으로 유배되는 것은 사람을 죽였기 때문이란 말이지. 내친김에 내게 그 연유를 얘기해주지 않겠나?"

기스케는 몹시 황송하다는 듯 "알겠습니다"라고 대답하고 나직한 목소리로 이야기하기 시작했다. "정말이지 당치도 않은 잘못된 마음으로 엄청난 일을 저질러서 무어라 드릴 말씀이 없습니다. 나중에 생각해보니, 어떻게 그런 짓을 할 수 있었는지 제가 생각해도 너무나 이상합니다. 정말이지 제정신이 아니었습니다. 저는 어렸을 때 부모님이 역병으로 세상을 뜨고 동생과 단둘이 남겨졌습니다. 처음에는 마치 제 집 처마 밑에서 태어난 새끼 강아지를 가엾이 여기듯이 마을 사람들이 은혜를 베풀어주었기 때문에 근동의 잔심부름을 하며 굶주리지도 않고 추위에 떨지도 않고 컸습니다. 시간이 흘러 일자리를 찾을 때까지만 해도 가급적이면 두 사람이 떨어져 지

내지 않도록 하며 서로 도와 일했습니다. 작년 가을의 일이었습니다. 저는 동생과 함께 교토의 니시진(西陣)에 있는 직물 공장에 들어가 직물 짜는 일을 하게 되었습니다. 그러던 어느 날부터 동생은 병이 들어 일을 할 수 없게 되었습니다. 그 무렵 저희들은 기타야마(北山)의 허술한 판잣집에 기거하며 가미야가와(紙屋川) 다리를 건너 공장에 다니고 있었습니다만, 제가 날이 저물어 먹을 것을 가지고 돌아가면 동생은 기다리고 있다가 제게 혼자 돈을 벌게 해서 미안하다는 말을 했습니다. 어느 날 평소처럼 아무 생각 없이 돌아가보니 동생은 이불 위에 엎드려 있었고 주위는 피투성이가 되어 있었습니다. 저는 깜짝 놀라 손에 들고 있던 음식이고 뭐고 그 자리에 내팽개치고 곁에 가서 '무슨 일이야, 무슨 일' 하고 물었습니다. 그러자 동생은 양쪽 뺨에서 턱에 걸쳐 피로 물든 창백한 얼굴을 들고는 저를 보았습니다만, 말을 하지 못했습니다. 숨을 쉴 때마다 상처에서 쌕쌕 소리가 났습니다. 아무래도 사태파악이 안 돼서 제가 '어찌 된 거야, 피를 토한 거야?' 라고 말하며 곁으로 다가가려 하자 동생은 오른손으로 바닥을 짚고 조금 몸을 일으켰습니다. 왼손은 턱을 꼭 누르고 있었는데, 그 손가락 사이에서 검은 핏덩어리가 비어져나왔습니다. 동생은 눈으로 제가 옆에 오는 것을 말리려고 하며 입을 움직였습니다. 마침내 말을 할 수 있게 되었습니다. '미안해. 부디 용서해줘. 어차피 나을 병도 아니라서 빨리 죽어서 형을 조금이라도 편하게 해주고 싶었어. 숨통을 끊으면 금방 죽을 수 있을 거라고 생각했는데 그곳으로 숨이 새나가기만 하고 죽지 못했어. 깊이 깊이 생각하고 온 힘을 다해 찔렀는데 옆으로 비껴나갔어. 칼날이 망가지지는 않은 것 같아. 이것을 잘 빼주면 내가 죽을 수 있을 거야. 말하는 게 괴로워 죽겠어. 어서 칼을 뽑아줘' 라고 하는 것이었습니다. 동생이 왼손의 힘을 빼자 그곳에서 숨이 새어나왔습니다. 무어라 말을 하려 했지만 목소리가 나오지 않아 잠자코 동생의 목의 상처를 들여다보니, 맙소사 오른손에 면도칼을 들고 옆으로 숨통을 끊었는데, 그것으로는 죽지 않아서 그대로 도려내듯이 면도칼을 깊숙이 찔러넣은 모양이었습니다. 손잡이가 두 치(약 6센티미터) 정도 상처에서 나와 있습니다. 저는 그 끔찍한 모습을 보고도 어찌해야겠다는 생각도 들지 않아 동생 얼굴을 보았습니다. 동생은 물끄러미 저를 바라보고 있었습니다. 저는 겨우 간신히 '기다려, 의사를 불러올 테니까' 라고 말했습니다. 동생은 원망스런 눈빛을 보이고는, 다시 왼손으로 목을 꼭 누르고 '의

사가 무슨 소용이야. 아아, 괴로워, 빨리 뽑아줘, 부탁이야' 라
고 하는 것이었습니다. 저는 어찌할 바를 몰라 그저 동생의 얼
굴만 보고 있습니다. 이럴 때는 이상하게도 눈이 말을 합니
다. 동생의 눈은 '어서 해, 어서' 라고 하며 자못 원망스러운
듯이 저를 보고 있습니다. 왠지 제 머릿속에서 수레바퀴 같은
것이 빙글빙글 도는 것 같았습니다만, 동생의 눈은 끔찍하게
도 재촉을 멈추지 않았습니다. 게다가 그 원망하는 눈빛은 점
점 더 험악해져서 급기야 원수의 얼굴이라도 노려보는 것 같
은 증오에 찬 눈이 돼버렸습니다. 그것을 보고 저는 마침내 이
럴 바에는 동생이 말하는 대로 해줘야겠다고 생각했습니다.
저는 '어쩔 수 없구나, 뽑아줄게' 라고 말했습니다. 그러자 동
생의 눈빛은 싹 바뀌어 환해졌고 자못 기쁜 듯 보였습니다. 저
는 무슨 일이든 단숨에 해치워야 한다고 생각하고 무릎을 꿇
듯이 몸을 앞으로 내밀었습니다. 동생은 바닥을 짚고 있던 오
른손을 떼고 지금까지 목을 누르고 있던 손의 팔꿈치로 바닥
을 짚고 누웠습니다. 저는 면도칼의 손잡이를 꽉 잡고 쑥 당겼
습니다. 바로 그때 제가 안쪽에서 닫은 앞문을 열고 이웃 할머
니가 들어왔습니다. 제가 집을 비울 때 약을 먹이거나 돌봐달
라고 부탁해두었던 할머니입니다. 이미 안은 꽤 어두워졌기

때문에 저는 할머니가 얼마나 제대로 보았는지 알 수 없었습니다. 그러나 할머니는 악 하는 소리를 지르고는 앞문을 열어놓은 채 뛰어나갔습니다. 저는 면도칼을 뽑을 때 재빨리 똑바로 뽑아야지 하는 정도는 신경을 써서 조심했습니다만, 아무래도 뽑을 때 든 느낌은 그때까지 베이지 않았던 부분을 벤 것 같았습니다. 칼날이 밖을 향하고 있었기 때문에 바깥쪽을 베었던 것이겠지요. 저는 면도칼을 쥔 채 할머니가 들어왔다가 뛰어나가는 것을 멍하니 보고 있었습니다. 할머니가 가버리고 나서야 정신이 들어 동생을 보니 동생은 이미 숨이 끊어져 있었습니다. 상처에서는 엄청난 양의 피가 흘러나오고 있었습니다. 그리고 관리들이 와서 관청으로 끌고 가기 전까지, 저는 면도칼을 곁에 두고 눈을 반쯤 뜬 채 죽어 있는 동생의 얼굴을 바라보고 있었습니다."

모리 오가이, 『다카세부네』
(『모리 오가이 전집 5』, 지쿠마 문고, 252~255쪽)

'부자연스러움'은 장면전환의 표시

　문고본으로 네 페이지 정도 되는 짧은 장면인데, 군더더기도 없고 많은 내용을 억지로 집어넣은 느낌도 들지 않는, 지극히 단정하고 부드러운 문장이다. 미시마 유키오는 이 매력을 '오가이의 맛'이라 표현했는데, 확실히 이 묘미는 한번 맛을 보면 좀처럼 헤어나지 못할 종류의 것이다.

　그러면 먼저 첫머리의 세세한 부분에 대해서 살펴보겠는데, '지켜보며'라는 말에 주의해야겠다. 문맥으로 짐작할 수 있겠지만, 이것은 현대어의 일반적인 '지킨다(守る)/보호하다(護る)'가 아니고 '눈으로 지킨다(目守る)'라는 원래 의미를 바탕으로 사용된 것이다. 눈을 떼지 않고 주시한다는 의미다. 오가이는 소세키와는 달리 단어의 사용에서 상당히 엄격했기 때문에, 낯선 사용법이 나왔을 때 부지런히 사전을 찾아보면 어원을 포함하여 언어에 대한 다양한 소양을 익힐 수 있을 것이다.

　이 첫번째 줄에서 주목할 점은 '기스케 씨'라는 호칭이다. 작자는 이로써 쇼베에가 심정적으로 죄인과 관리라는 상하관계에서 벗어나 대등한 인간관계로 이행하고자 하고 있음을 암시하고 있다. 처음에도 지적했듯이 이때 만약 기스케의 나이가 위였다면 이 이행의 의미는 줄어들 것이다. 나이가 위인 사람에게 '씨' 자를 붙이는 것은 극히 평범한 일이기 때문이다. 처지 면에서도 위, 연령상으로도 위에 있는 사람이 굳이 상대방의 이름에 '씨' 자를 붙임으로써 그 변화의 의미는 강화된다. 이 부분에서는 표현 효과라는 관점에서 그러한 작자의 의도를 꼼꼼하게 읽어냈으면 한다. 이 역시 독자에게 위화감을 느끼게 해 주의를 환기시키는 방법의 하나이다.

조금은 부자연스러운 쇼베에의 '기스케 씨'라는 호칭은 독자에게도 의외의 인상을 주어, 여기서부터 두번째 주제가 전개되고 있음을 알게 해준다. 그리고 그 문제 제기는 관리라는 입장에서 행하는 심문이 아니라 보다 개인적인 관심에 의한 것임을 나타내고 있다. 여기에서 쇼베에는 독자의 입장과 완전히 일치한다. 독자의 기스케에 대한 관심은 심문자로서의 그것이 아니라 한 개인으로서의 관심이기 때문이다.

이 부분에서 두 사람의 대화는 매우 긴박하다. 쇼베에는 저도 모르게 관리로서의 임무를 망각하고 역시 '별걸 다 물어보는 것 같지만' 하며 대등한 인간관계를 전제로 말을 붙인다. 기스케 역시 '씨'로 불린 것을 '이상하게 생각'한 참이었기 때문에, 상대가 부주의하게 임무를 벗어났음을 알아차리고 속마음을 알아보기라도 하듯이 '기색을 살피'고는, 쇼베에의 질문에 '알 겠습니다'라고 대답하며 이야기를 시작한다. 이때 기스케는 질 문에 응한다는 의미로 보자면 지금까지처럼 상하관계에 굴복 하면서도, 그 개인적인 관심에 응함으로써 실제로는 보다 사적 인 관계를 받아들이고 있다. 그렇기 때문에 독자는 앞으로 전개 되는 기스케의 고백이 강요된 것이라거나 꾸며진 것이 아니라 있는 그대로의 사실일 것이라는 예감을 갖게 된다.

'생각하는 틀'을 명확히 한다

그때부터 기스케가 살인에 이르게 되는 과정이 밝혀지게 되 는 셈인데, 꼼꼼하게 읽어보면 작자가 몹시 주도면밀하게 상황 을 설정하고 있음을 알 수 있다. 이러한 테마소설에서는 설정을 하나만 바꿔도 장면의 의미가 완전히 바뀌어버린다. 우리는 그 것을 알기 쉽게 번호를 붙이며 보아가기로 한다.

먼저, "저는 어렸을 때 부모님이 역병으로 세상을 뜨고 동생 과 단둘이 남겨졌습니다"라는 문장을 보자. 이 문장을 읽고 아 아, 그렇구나, 불쌍하다, 라고 생각하는 데서 그쳐서는 안 된다. 이것은 안락사 문제의 가장 중요한 조건을 규정하고 있다. 즉

①친족은 동생을 죽인 형 기스케와 살해를 당한 동생뿐이라는 것이다. 안락사 문제를 복잡하게 만드는 것은 그것을 둘러싼 복수(複數)의 의사(意思)—특히 복수의 친족들의 의사이다. 만약 그들의 부모가 살아 있었다면 기스케의 의지에 반하여 동생을 더 살려두고 싶어했을 수도 있다. 다른 형제가 있었을 경우에도 마찬가지이다. 작자는 주제를 그와 같은 방향으로 확산시키지 않기 위해 일부러 '죽이는 사람'과 '살해당하는 사람'이라는 최소단위의 관계로 사건을 한정하고 있는 것이다.

형제는 가난하지만 '서로 도우며' 살고 있었다. 즉, ②형제간의 사이는 양호했으며, 이 또한 살인의 동기에 '안락사' 이외의 요인을 끌어들이지 않기 위한 설정상의 배려로 볼 수 있다. 동생이 병들어 일을 하지 못하게 된 이후 형 혼자 생계를 유지하고 있었다는 사실도 마찬가지이다. 이는 객관적으로 보면 살인자가 되는 형이 사건 전에는 동생을 어떻게든 계속 살려두고 싶어했다는 의미에서 정확하게 대조를 이루고 있는데, 그 연장선상에서 보면 살인 역시 그 결단의 잘잘못을 떠나 동생을 생각하는 마음에서였다는 사실을 독자로 하여금 짐작케 한다.

『마음』에서도 언급했지만, 오가이의 문학에서도 '헌신'이라는 주제는 여러 작품을 통해 많이 찾아볼 수 있다. 기스케처럼 사랑하는 사람을 위해 최선을 다하고자 하는 사람은 많을 것이다. 그러나 그것이 어려운 것은, 자기 자신도 하고 싶은 일이 있고, 그것을 위해서는 시간이 필요하기 때문이다. 이는 자식을 키우는 일이나 노인을 돌보는 일에서도 마찬가지이다. '헌신'을 위해서는 자기 자신의 욕망을 어느 시점에서 억제해야 한다. 그런 의미에서 일견 두 주제는 별개의 것으로 보이지만, 첫번째 주제인 '만족할 줄 아는 것'은 이 두번째 주제인 기스케의 '헌신'으로 이어진다.

한편 동생은 형에게 계속해서 '미안해, 미안해'라고 말한다. 이어서 동생은 자살을 시도하고는, '어차피 나을 병도 아니라서 빨리 죽어서 형을 조금이라도 편하게 해주고 싶었어'라고 대답한다. 이 역시 안락사에 대한 논의에서 매우 중요한, 동생의 병이 불치병이었는지 아닌지를 규정해주는 설정이다. ③동생은 불치병에 걸렸고, ④정신적으로도 절망하고 있었다. 그리고 그로 인한 형의 부담에 대해 미안하게 생각하고 있다.

여기에서 생각해야 할 것은, 안락사 문제를 다룰 때에는 꼭 이와 같이 긴 투병 끝에 자살미수를 저지르는 것만이 아니라, 이를테면 건강한 사람이 어느 날 말에서 떨어져 크게 다치는 바람에 빈사상태에 빠졌다는 설정도 있을 수 있다는 사실이다. 작자는 여기에서도 조건을 엄밀하게 한정하고 있다. 즉, ⑤동생은 갑작스런 고통으로 인해 냉정한 판단력을 잃은 상태에서 죽음을 바란 것이 아니라, 자살미수에 이르기까지 오랜 숙려 끝에 죽음을 선택했다는 것이다.

종국에는 동생이 목을 찔러 숨통을 끊어버리는 방법으로 자살했다는 점도, 의사였던 작자다운 주도면밀함에서 온 것이라고 할 수 있다. ⑥당시 의학으로는 자살미수의 동생을 살릴 방법은 없었다. 그리고 그렇게 되고 나서도 ⑦동생이 의사를 부르는 것을 거절함으로써 자신의 분명한 의지로 더이상의 연명을 거부했고, ⑧형을 구체적으로 지명하며 죽음에 의한 구제를 원했음을 확인할 수 있다. 그리고 동생의 요구에 따르기로 결의한 형은 ⑨죽이고 싶다는 의식보다는 단지 편하게 해주고 싶다는 의식에 사로잡힌다.

이상 ①부터 ⑨까지 살펴보면 실로 구석구석 세세히 신경을 쓴 주도면밀한 상황 설정임을 알 수 있다. 안락사 문제를 판단하기가 어려운 이유는 그것이 케이스 바이 케이스라는 점 때문이다. 한편으로는 허용할 수 있는 것 같아도, 다른 한편으로는 도저히 용인할 수 없다고 생각하는 사람이 많이 있을 수 있다. 오가이는 그것을 극한 상황으로 설정함으로써 문제를 첨예하게 부각시키고 있다. 특히 중요한 것은, 당사자 간의 완전한 신뢰관계와 그것을 바탕으로 한 동의가 필요하다는 점이다. 형이 동생에게 '헌신' 적이듯이 동생의 자살 역시 '형을 편하게 해주고 싶다' 는 마음에서 나온 '헌신' 이다. 자살미수 상태의 자신이 발견되었을 때 나온 말도 역시 자살 이전과 같은 '미안하다' 라는 말이라는 사실에서 오는 효과에 주목하자. 또한 그 헌신에는 살고 싶은 욕구에 대한 '체념' 이 있다. 이 역시 형제가 공유하고 있는 가치관이다.

이렇게 기스케를 단죄할 조건이 아무것도 없는 상황을 만든 후에, 여전히 그곳에 사실로서 현전하는 '살인' 의 가부를 묻는다. 이것이 이 소설이 언제까지고 빛바래지 않는 이유이다.

독자를 '잠깐 감정 고르기' 로 유도한다

자살미수 현장을 발견한 후의 형제의 대화는, 간결하면서도 그만큼 독자의 상상력을 자극한다. 이 부분은 분석적인 독해보다는 글의 분위기를 천천히 음미하며 읽는 것이 중요하다. 물론 슬로 리딩에서는 그와 같은, 말로 표현할 수 없는 감각적인 읽기도 큰 비중을 차지한다.

동생에 대한 기스케의 감정은 일관되어 있다. 바뀌는 것은 상황뿐이다. 처음에는 형제가 서로 돕는다. 그러다 동생이 병이 들고 마지막에는 자살을 시도한다. 그렇게 보면, 이 소설의 주제는 '감정의 일관성이 다양한 상황 변화에 따라 얼마든지 흔들릴 수 있다는 것'이라고도 생각할 수 있다. 이 역시 오늘날에도 통용되는 매우 참신한 주제이다.

동생의 죽음이 확인된 후에는 기스케의 방심(放心)이 묘사되고 있다. 이 장면에서는 구체적으로 무엇을 어떻게 느꼈는지는 그려지지 않는다. 슬로 리딩은 이러한 장면에 충분한 시간을 할애해야 한다. 이는 작자가 의도적으로 설정한 감정 고르기이다. 이 공백은 독자 자신이 채워야 한다. 특히 '이웃 할머니'에게 발견되고 그후 사람들이 모여들기 전까지 "눈을 반쯤 뜬 채 죽어 있는 동생의 얼굴을 바라보고 있었다"라는 정경은 무척 상징적이다. 여기에 이르면 상황의 변화는 기스케의 애정을 뒤로한 채, 동생의 죽음에 의해 완결된다.

소설에는 이와 같은 여백이 여러 가지 형태로 마련되어 있다. 그곳은 독자가 자유롭게 채워야 하는 장소이다. 『다카세부네』의 경우 작자는 지나치리만큼 주도면밀하고 엄격한 통로를 정해놓고 독자를 이끌어간다. 그러나 궁극적으로는 독자가 충분

히 상상의 날개를 펼쳐 다양하게 사색하고 느낄 수 있는 장면을
여유 있게 준비해둔 것이었다.

그런 의미에서 소설의 공간조형은 건축에 비유할 수 있다. 오
가이의 엄격한 언어 건축은 독자를 입구에서 헤매게 하는 일 없
이 똑바로 유도하고, 마지막에는 충분한 공간에 해방시켜 자유
로운 시간을 갖게 해준다.

'감정의 효과'를 놓치지 말자

동생을 죽인 후에 '이웃 할머니'가 들어오는 장면은 '이미 안
은 꽤 어두워졌기 때문에'라고 묘사되어 있다. 이것은 물론 장
면 전체의 톤을 나타내는 것이다. '심상풍경(心象風景)'을 묘
사할 때에는 내면을 묘사하는 수식어(여기서는 '어둡다')가 종
종 외부 상황을 묘사하는 데 사용된다. 또한 일부러 내면상태와
는 반대의 풍경(이 경우에는 밝은 실내)을 가지고 와서 대비를
강조하는 방법도 생각할 수 있다. 어느 것이든 인상은 상당히
달라질 것이다.

시간적 배경이 해질녘이라는 점으로 보면 일련의 사건이 종
결될 것임을 암시한다고 이해할 수도 있다. 다시 한번 설정을

주의해서 살펴보면, 이것은 ⑩타자의 눈을 배제한 완전한 밀실에서의 사건이었음을 알 수 있다. 살해는 누군가 보고 있는 곳에서 그 시선을 의식하며 이루어진 것이 아니라, 밀실 안에서 자신과 동생 단 두 사람 사이에서 이루어진 것이다. 그것은 즉 두 사람 사이의 닫힌 관계성 안에서는 아무 문제 없이 용인되던 것이, 방 밖으로 한 발짝만 나가면 순식간에 공적인 문제가 된다는 사실을 상징적으로 나타내고 있다.

그런 의미에서 '이웃 할머니'는 그 닫힌 관계성 사이를 처음으로 비집고 들어온 '타자'이다. 그것이 다름아닌 노파인 이유는 아마 두 가지일 것이다. 우선 일반적으로 노파는 선악 판단에 대해 공정할 것이라고 여겨지며, 더욱이 두 사람에게는 가까운 인물이었다는 점, 즉 ⑪첫번째 발견자가 악의적인 제삼자가 아니라는 것으로, 이는 목격자의 증언이 사실을 왜곡하지 않으리라는 생각으로 독자를 이끈다. 그러나 한편 노파는 워낙 시력이 약하고 더욱이 어둠 속에서 "얼마나 제대로 보았는지 알 수 없었습니다"라고 말하듯이, 결국 ⑫제삼자는 두 사람 사이에 일어난 사건을 정확하게 인식할 수는 없다.

소설은 클라이맥스에서 어둑어둑한 밀실과 노파라는 침입자의 상징적인 도구를 교묘하게 이용하여, 문제가 사적인 영역에서 공적인 영역으로 이행해가는 과정을 더없이 훌륭하게 표현하고 있다. 그리고 나중에 그곳에 달려온 사람들은 그 어둠 속의 사건을 결코 정확하게 파악할 수는 없는 것이다.

조건을 바꾸어 다시 읽는다

이상에서 보아왔듯이 『다카세부네』는 안락사 문제를 더없이 엄밀한 설정 속에서 전개해 보인 소설이다. 대충 훑어보고 '아, 안락사 문제구나' 하는 정도로 넘어간다면, 줄거리만 듣고 이해했다고 착각하는 사람과 다를 바 없을 것이다.

소설 속의 조건을 하나하나 꼼꼼하게 검증하는 것은 그 작품이 내장하고 있는 가능성(지知, 즐거움, 재미, 감동)을 될 수 있는 한 많이 맛보기 위해 필요한 중요한 절차이다.

그에 대한 응용으로, 다음번에는 각자 자기 나름대로 조건을 바꾸어 다시 읽어보는 것도 효과적일 것이다. 예를 들어 앞에서도 이야기했듯이 형과 동생 외에 다른 가족이 있었다면 어떻게 되었을까? 만약 상처가 아직 생존 가망성이 있는 정도였다면 어떻게 되었을까? 자살이 아니라 사고였다면? 첫 발견자가 '보지 않은 것으로 할 테니까 자살로 신고하자' 라고 했다면 어떻게 되었을까?

여러 가지 다른 조건을 설정함으로써 하나의 소설은 얼마든지 풍부해질 수 있다. 그리고 그것은 독자 자신의 사고력을 착실하게 키워줌으로써, 현실에서 그런 상황에 직면하거나 다른 사람들에게 그런 상담을 받았을 때 완전한 백지상태일 때와는 확실히 다른 판단을 하게 해줄 것이다.

소설을 읽는 이유는 단순히 교양이나 오락을 위한 것만이 아니다. 인간이 살아가는 동안 겪을 수 있는 경험은 한정되어 있고, 더군다나 극한적인 상황을 경험하는 일은 더욱 드물 것이다. 소설은 그러한 우리의 인생에 예고 없이 침입하는 일종의 이물(異物)이다. 그것을 그냥 배제해버리고 말 것인지 아니면 잘 다듬어서 진짜와 같은 하나의 경험으로 만들 것인지는 독자의 태도 여하에 달려 있다.

소설은 현실과도 다르고 또한 영화 같은 장르와도 달라서 이야기가 진행되는 페이스를 자기 스스로 조절할 수 있기 때문에, 자신에게 맞추어 조건을 다양하게 바꿔서 즐기기에 알맞은 장르이다.

한 권의 책을 뼛속 깊이까지 완전하게 맛보자. 그것을 가능하게 하는 것은 독자 자신의 창조적인 글읽기이다.

◆ 카프카의 「다리」

프란츠 카프카라고 하면 매우 난해하다는 이미지가 떠오른다. 속칭 '부조리문학'이라고 하는데, 그 탓인지 일반적으로는 점점 더 읽는 사람들이 줄어들고 있는 것 같다. 하지만 같은 소설이라도 나쓰메 소세키나 모리 오가이와는 전혀 성격이 다르다는 의미에서 감히 예를 들어보았다.

「다리」는 콩트라고 할 수 있을 정도의 짧은 소설로, 카프카 문학의 진수라고 할 수 있는 작품이다. 서론은 이 정도로 해두고 우선 그 전문을 읽어보자.

나는 뻣뻣하고 차가웠다. 나는 다리였다. 어느 심연 위에 나는 있었다. 이편에는 두 발끝이, 저편에는 두 손이 뚫고 들어가 있어, 부스러 떨어지는 진흙을 나는 단단히 붙들고 늘어지고 있었다. 치맛자락이 내 옆구리 쪽으로 날렸다. 아래 깊은 곳에서는 얼음 같은, 숭어들 노니는 개울이 소리를 내고 있었다. 이런 다니기 어려운 고지(高地)로 길을 잘못 들어 헤매는 관광객은 없었다. 이 다리는 지도에조차도 올려지지 않았던 것이다. ─그렇게 나는 누워 기다렸다, 기다려야 했다. 무너지지 않은 바에야 한번 만들어진 다리가 다리이기를 중단할 수는 없지 않은가.

한번은 저녁 무렵이었다—그게 첫번째 날 저녁이었는지, 천번째 날 저녁이었는지는 모르겠다—나의 생각이란 항시 뒤죽박죽이 되었고 항시 빙빙 돌았으니. 여름 저녁 무렵 한층 더 어둡게 개울이 활활 흐르고 있었다. 그때 어떤 사람의 발소리가 들렸다! 나에게로 오는, 나에게로 오는 발소리. 몸을 쭉 펴라, 다리여, 당당한 태세를 취하라, 난간 없는 들보여, 너에게 몸을 맡기는 이를 받쳐주어라. 그의 걸음걸이의 불안정을 눈에 띄지 않게 메워주어라. 그래도 그가 흔들거리거든 신분을 밝히고 나서 산신(山神)처럼 그를 건너편 땅에다 획 집어 던져주어라. 그가 왔다, 그는 지팡이 끝에 박힌 쇠징으로 나를 두드렸다, 그러고는 그걸로 내 치맛자락을 걷어올려 내 몸 위에 가지런히 해주었다. 무성한 내 털 속으로 지팡이 끝을 옮기더니 그 지팡이를, 아마도 격한 눈길로 주위를 둘러보며, 오래 털 속에 눕혀져 있게 버려두었다. 그 다음에는 그러나—마침 나는 그를 따라 산골짜기 너머로 아득히 꿈에 잠겨 있었다, 그가 두 발로 내 몸 한가운데서 뛰어올랐다. 나는 뭐가 뭔지 모르면서도 격한 고통에 몸서리를 쳤다. 그게 누구였을까? 어린아이였을까? 꿈이였을까? 노상강도였을까? 자살자? 유혹자? 파괴자? 하여 나는 그를 보려고 몸을 틀었다. 다리가 몸을 틀다니! 미처 몸을 다 틀기도 전에 나는 벌써 추락하고 있었다, 추락하였다, 그리고 어느덧 산산이 찢기고 찔려 있었다, 격류(激流) 속에서도 항시 그렇게도 평화스럽게 나를 응시했던 삐죽삐죽 솟은 돌멩이들에.

프란츠 카프카, 「다리」
(『카프카 단편집』, 이와나미쇼텐, 219~220쪽)[*]

'첫 문장'에 의미가 있다

읽어보고 어떤 느낌이 들었는지 궁금하다. 도대체 이게 뭐야? 하며 인상을 찌푸리는 사람이 있는가 하면, 그만 웃음을 터뜨리고 만 사람도 있을 것이다. 그렇지만 어쨌든 이것으로 이제 '카프카를 읽어본 적이 있다'고 말할 수 있다. 책이란 아직 읽지 않았다고 해서 비굴해질 것이 아니라 읽으면 되는 것이다.

---

* 이 부분의 한국어 번역은 전영애 옮김, 『변신·시골의사』, 민음사, 2002, 204~205쪽에서 발췌하였다.

조금이라도 읽고 나면 그 순간부터 그것을 읽은 사람과 똑같아지기 때문이다.

슬로 리딩의 테크닉 중에 작자의 의도를 생각한다는 것이 있었는데, 카프카의 소설만큼 그러기 어려운 작품도 없을 것이다. 카프카를 두고 난해하다고 하는 것은 대부분 그런 의미에서이다. 실제로 독자의 수만큼 서로 다른 해석이 존재한다고 할 정도로 카프카 소설의 독해는 다양하다. 실존주의가 유행했을 때는 실존주의적으로 읽혔고, 정신분석학을 전공하는 사람들은 또 그런 방면으로 접근했다. 어떤 의미에서 카프카 문학은 후세에 의해 씌어진 주석과 연구서를 모두 포함한 현상의 총체로 볼 수도 있다. 사람에 따라서는 그냥 웃어넘길 수 있는 유머로 읽으면 된다고도 하지만, 모처럼 찾아온 기회이므로 우리는 여기서 '오독력' 훈련을 겸해 여러 가지 추리를 해보겠다.

시작 부분은 "나는 뻣뻣하고 차가웠다, 나는 다리였다"이다. 느닷없이 모순투성이 문장으로 시작된다. '였다'라는 과거형이라면 지금 현재는 무엇이란 말인가? 다리가 어떻게 말을 하는 것일까? 단순한 거짓말일까?—카프카의 소설을 읽다보면 그런 의문을 제기하는 것이 어쩐지 바보 같다는 느낌이 들지도 모른다. 문학은 고상한 것이므로 그런 엉뚱한 소리는 하지 말고 있는 그대로 받아들이면 된다고 말이다. 그러나 실제로 그런 식으로 읽게 되면 결국은 끝까지 읽어도 무슨 말인지 확실히 이해가 되지 않을 것이다.

위화감을 단지 위화감으로 간과해서는 안 된다. 시작 부분의 한 문장이 얼마나 중요한지는 이미 지적한 바 있다. 『마음』의 경우 첫 문장은 "나는 그 사람을 항상 선생님이라고 불렀다"였고, 나중에 보게 될 미시마 유키오의 『금각사』는 "유아 때부터 아버지는 나에게 금각에 관한 이야기를 들려주었다"로 시작된다. 모두 작품의 주제에 직접적으로 관련되는 것이다. 이 소설의 경우에도 어쨌든 타이틀이기도 한 '다리'가 주제이며, '나는 다리였다'라는 선언과 그 위화감이 그대로 작품에서 중요한 의의를 지니고 있다고 일단 생각해두자. 의식적으로는 아니더라도 머리 한구석에 담아두는 것도 이미 소개한 테크닉이다.

그렇다고 해도 이렇게 사람을 깔보는 듯한 문장으로 소설이 시작되는 것은 대체 무슨 이유에서일까?! 그 놀라움을 있는 그대로 즐기는 것만으로도, 카프카는 재미있어지지 않을까?

'형용사와 부사'에 착목한다

다음에 이어지는 내용은 '어느 심연 위에 나는 있었다'라는 상황 설명이다. 카프카의 소설은 5W1H를 구체적으로 특정할 수 없지만, 그만큼 상황 설명은 의외로 상세하다. 『성』을 읽어본 사람은 그 길게 이어지는 상황 설명을 기억하고 있을 것이다. 실은 여기에서도 얼핏 보기에는 퉁명스럽고 기묘해 보이는 도입부 문장에 이미 when(언제)과 작품 독해의 중심인 why(왜)를 제외한 3W1H가 다 나와 있다.

이와 같이 논리적인 접근이 어려운 작품의 경우, 한 가지 방법으로 형용사와 부사에서 환기되는 이미지를 근거로 의미를 더듬어보면 의외로 작품의 핵심에 접근할 수 있다.

'나는 뻣뻣하고 차가웠다' '어느 심연 위에 나는 있었다'라는 문장은 수식어를 제외하면 '심연 위에 나는 있었다'이다. 이는 '다리였다'라는 사실의 반복에 다름아니다. 다리라는 것은 그런 것이기 때문이다. 그렇다면 중요한 것은 수식어이다.

형용사와 형용동사, 부사는 그 자체보다도 왜 다른 수식어는 안 되었는지를, 특히 반대말을 생각해보면 그 필연성이 드러난다. '뻣뻣하고 차갑다'라는 말의 반대는 요컨대 '활발하고 따뜻하다'일 것이다. 이것은 확실히 생기로 가득한 인상이다. 이 대비는 '나는'과 '다리였다'라는 한 문장의 위화감, 즉 사람(활발하고 따뜻한)＝물건(뻣뻣하고 차가운)과 대응한다. 또한 '얇은 계곡'과 '깊은 계곡'의 차이는 낙하할 때의 충격을 의미한다. 깊은 심연에서 떨어지면 물건은 깨질 것이고 사람이라면 죽을 것이다. 그런 의미에서 '뻣뻣하고 차가운'이라는 수식어는 죽음이나 사체를 연상시키는 말이기도 하다.

실은 이 뒤에 이어지는 일련의 상황 설명, 즉 '부스러 떨어지는'이나 '치맛자락이 내 옆구리 쪽으로 날렸다'등은 모두 이 '깊은 계곡'이라는 설정을 뒷받침하는, 붕괴의 위기를 표현하고 있다. "이런 다니기 어려운 고지(高地)로 길을 잘못 들어 헤매는 관광객은 없었다"라는 한 문장은 타자와의 접촉이 전혀 없는 장소임을 알려주는데, 푸념이라는 느낌마저 주는 표현이다. 즉 자신이 놓여 있는 상황의 의의에 의구심을 품고 있는 것이다. 그리고 같은 내용이 반복되는데, 거기에는 '지도에조차도 올려지지 않았던'이라는 수식어가 덧붙어 있다. 즉 다리는 다리지만 아무도 인식하지 않으며, 그 누군가의 도래를 '기다리고 있다'는 것이다. 첫번째 단락 마지막의 "무너지지 않은 바에야 한번 만들어진 다리가 다리이기를 중단할 수는 없지 않은가"라는 한 문장으로, 우리가 예감하고 있던 낙하 위기는 명시된다.

여기까지 정리해보면 '나'는 낙하 위험을 감내하며 필사적으로 '다리'라는 상황을 견디고 있지만, 그것을 인정해주는 사람은 아무도 없다. 그리고 이 상황은 '심연'으로 파멸적으로 낙하하기 전에는 벗어날 수 없다, 라는 것이 된다.

이 시점에서 이미 여러 가지 해석의 가능성이 드러나겠지만 어쨌든 앞으로 나아가보자.

'장면전개의 의미'를 생각한다

'한번은 저녁 무렵이었다'와 그 뒤의 '여름 저녁 무렵'은 드디어 when(때)을 알려준다. 여기에서 대망의 다리를 건너는 사람(='나'가 '다리'임을 인정해주는 사람)이 등장하고 단번에 일련의 상황이 전개되는데, 자세히 보면 그 자체를 파악하는 것은 어렵지 않다. 문제는 그것이 의미하는 바이다.

앞 단락과의 차이 중 주목해야 할 것은 "몸을 쭉 펴라, 다리여, 당당한 태세를 취하라, 난간 없는 들보여, 너에게 몸을 맡기는 이를 받쳐주어라"라며 자신을 타이르는 말이다. 이로써 독자는 '나'가 '다리'라는 사실은 자명한 것이 아니라 받아들여야 하는 의무임을 알게 된다. 그리고 '나'는 '다리'라는 것의 기능(=사람을 반대편으로 건너게 해주는 것)에 충실하고자 노력한다.

다리를 찾아온 '그'는 '지팡이 끝에 박힌 쇠징으로 나를 두드렸다'. 돌다리도 두드려보고 건너라는 속담이 있듯이, 이것은 말하자면 검사이며, '나'가 확실하고 안전한 '다리'인지 체크해보는 것이다. 그러기 위해서는 '아픔'을 주는 것이 제일이다. 카프카의 작품은 어느 것이나 매우 건조하지만, 이 '아픔'이라는 테마는 빈번하게 나오므로 주의가 필요하다. 같은 작가가 반복해서 다루는 테마를 작품마다 비교해가며 읽는 것도 슬로 리딩의 중요한 테크닉이다. 그러나 이러한 '그'의 체크는 '나'를 위한 것이 아니다. '그는 산이나 계곡에 대해 생각하고 있었던 것이다', 즉 '그'는 '다리'가 그 일부로 기능하고 있는 환경 전체에만 관심이 있었던 것이다. 그리고 '나'는 기특하게도 '그 생각에 다가가려고' 집중한다.

그 순간 상황은 일변한다. '그'가 '나'에게 올라타 격한 고통에 몸서리를 치게 한 것이다.

이는 무엇을 의미하는 것일까? 만약 '그'의 행위가 단순한 다리를 상대로 한 것이라면 아무 문제도 없다. 다리라는 것은 당연히 사람 한 명의 무게는 감당할 수 있는 것이어야 하기 때문이다. 더군다나 '내 몸 한가운데서 뛰어올랐다'라는 것은, 간신히 견딜 수 있는 것을 넘어 여유 있게 감당할 수 있음을 상정하고 있다. 그런데 '다리'는 단순한 '다리'가 아니라 '나'가 '다리'라는 의무를 다하지 않으면 안 되기 때문에 필사적으로 견디고 있는 '다리'이다. 격한 고통에 몸서리를 친 것은 물론 '나'다. 그것은 '그'가 '다리'에 기대한 당연한 기능을 '나'가 감당하지 못했기 때문이다.

여기에서 의문이 생긴다. "그게 누구였을까?"—이것은 지금까지 몇 번이나 보아왔듯 독자의 의문을 대변하는 것이다. 그에 대한 자문(自問)은 이렇다. "어린아이였을까? 꿈이었을까? 노상강도였을까? 자살자? 유혹자? 파괴자?"—이들에 공통되는 것은 무엇일까? 생각할 수 있는 것은, 이들 모두 일상의 질서를 혼란케 하는 존재라는 것이다. '나'는 그 존재를 알고 싶어한다. 그리고 '다리'임에도 불구하고 신기하게도 몸을 비튼다. 이는 '다리'라는 의무로부터의 일탈이자 포기이다. 그 결과 '나'는 낙하한다. 이 장면은 구체적인 인간의 모습으로 상상해보면 묘하게도 이해가 잘 된다. 몸을 틀면 손바닥이 뒤집혀 절벽을 잡고 있을 수 없다.

그 뒤로 이어지는 마지막 부분은, 이 전체의 전개를 마무리하는 듯한 기묘한 '위화감'이 드는 문장이다. "그리고 어느덧 산산이 찢기고 찔려 있었다, 격류(激流) 속에서도 항시 그렇게도 평화스럽게 나를 응시했던 삐죽삐죽 솟은 돌멩이들에."—이 위화감의 의미를 생각해보자. 이해하기 힘든 것은 '나'가 '산산이 찢'겼음에도 불구하고 '삐죽삐죽 솟은 돌멩이들에' 찔려버렸다는 점이다. '찔려버렸다'는 것은 '나'가 한덩어리라는 것 아닌가? 그렇게 생각하면 '나'가 '산산이 찢긴' 것이 아니라, 사전에 자각하고 있었던 것처럼 '낙하함'으로써 '나'가 '다리'라는 역할, 임무로부터 '산산이 찢긴' 것임을 알 수 있다. 그 결과 '나'를 기다린 것은 '삐죽삐죽 솟은 돌멩이'라는 것이다.

대담하게 해석하는 용기를 가질 것!

자, 소설의 전체를 파악했으니 이제 이것을 해석해보자.

「다리」는 인간이 '다른 무언가'가 되어 있다는 의미에서 그의 가장 유명한 작품인 『변신』과 비교할 수 있다. 『변신』의 시작 부분은 "어느 날 아침 그레고르 잠자가 불안한 꿈에서 깨어났을 때 그는 침대 속에서 한 마리의 흉측한 갑충으로 변해 있는 자신의 모습을 발견했다"이다. 이 유사성은 간과할 수 없다.

'다리'와 '벌레'는 생물과 무생물이라는 차이는 있지만, 인간이 비인간적인 역할을 강요받고 있다는 의미에서는 마찬가지이다. 그렇게 생각해보면 카프카의 주제를 L. 보몽의 『미녀와 야수』나 그림 형제의 『개구리 왕자』 같은 오래된 유형의 변신 이야기와 비교하는 것도 가능할 것이다. 차이에 주목하자면 그들 오래된 변신 이야기가 대체로 해피엔딩인 데 반해 카프카의 경우 항상 결말이 절망적임을 알 수 있다. 그 차이가 어디에서 오는 것인지, 즉 시대의 차이인지 그를 구제해줄 '사랑'의 결여인지 검토해보는 것은 의미 있는 일일 것이다.

내가 이 「다리」라는 짧은 작품에서 이끌어낸 해석 중 하나는, 이것을 관료제사회에 대한 비판이라 보는 독해이다. 현대 자본주의사회에 비추어봐도, '나'가 '다리'라는 역할을 필사적으로 수행하려는 모습은 직업과 정체성을 동일시하는 경향이 있는 우리가 쉽게 공감할 수 있는 이야기가 아닐까? 장난에 가까운 상상력을 발동시켜, 와이셔츠 차림에 넥타이를 맨 중년 남자가 이를 악물고 땀투성이가 되어 '내가 왜 이런 짓을 하고 있는 거지?' 하는 의문을 품으며 필사적으로 계곡에 걸려 있는 광경을 상상해보면, 그 신을 그대로 영양음료 텔레비전 광고에 사용할 수 있을 것 같지 않은가? 그 장면을 보면 누구나 열심히 일하고 있는 샐러리맨의 모습으로 해석하지 않을까?

실제로 카프카는 법학을 배운 후 노동재해보험국 직원으로 일하면서 밤에 집에서 조용히 작품을 썼다. 『성』에서도 엿볼 수 있듯, 그가 관료제사회에 대한 비판적 문제의식을 갖고 있었던 것은 확실하다.

「다리」가 섬뜩한 분위기를 풍기는 것은, 그러한 회사에서의 역할을 빼앗기는 것이 곧 죽음을 의미하기 때문이다. 그리고 그 때가 돼서야 '나'는 '꿰뚫림'으로써 자기 자신과의 동일성을 회복한다. 그리고 그가 잡고 있는 산(사회나 제도) 역시 끝부분부터 '부슬부슬 무너져내리고' 있는 것이다.

마지막으로 남은 문제는 '그'가 누구였는가 하는 것이다. '나'의 낙하 장면에서도 '그'가 어떻게 되었는가에 대한 기술은 없다. 어쩌면 애초에 존재하지 않았던 것인지도 모른다. '그'는 '나'가 정말로 자신의 역할과 합치하고 있는지를 충격을 통해 시험해보는 자이다. 보통은 권력자로 파악할 수 있겠지만, 그 충격은 그를 일상(= '다리'로서 계곡에 걸려 있는 것)에서 일탈시킬 정도였고, 그 때문에 그만 몸을 틀어버렸다. 누구일까? 전쟁 등과 같은 파멸적 상황의 비유일까? ─유감스럽게도 여기서 더 파고들 수는 없지만, 이러한 수수께끼를 늘 기억하고 있으면 책을 읽고 있지 않을 때에도 머릿속에서 계속 슬로 리딩을 할 수 있다. 그리고 기회가 있을 때마다 작품을 다시 읽으면, 시간의 흐름에 따라 그때마다 다양한 해석을 할 수 있을 것이다.

'오독력'을 즐긴다

카프카의 작품뿐만 아니라 소설을 읽는 방법에 '정답'은 없다. '작자의 의도를 찾아내는' 것은 확실히 의의 있는 일이지만, 반드시 그에 구속될 필요는 없다. 작자의 의도를 이해하고자 하는 방법과 자기 나름대로 해석을 시도하는 두 가지 방법을 항상 병행하며 책을 읽고, 작품에 따라서는 그 비중을 바꾸는 것이 아마 가장 무난한 전술일 것이다.

실제로 나도 여기에서 시도한 해석을 바탕으로, 이 카프카적 '변신 이야기'를 현대의 은둔형 외톨이 청년에 적용시켜 「최후의 변신」(『방울져 떨어지는 시계들의 파문』에 수록)이라는 소설을 썼다. 이것도 말하자면 '오독력'의 활용이다.

우리는 아무래도 국어 시험의 괴로운 기억 때문에 독서도 '정답'에 맞게 해야 한다는 강박관념에 사로잡혀 있는 것 같다. 그것이 싫어서 책 자체를 멀리하는 사람도 있을 것이다.

그러나 감히 말하자면 국어 시험은 출제자의 '오독력'의 독해이다. 작자의 의도라는 관점에서 보면 적당한 선에서 출제한 문제도 있고 상당히 오리지널리티가 넘치는 문제도 있을 것이다. 대충 그런 정도다.

소설가가 독자의 자유를 일절 인정하고 싶지 않다면 그것을 더 제한할 수 있는 표현 장르를 선택할 것이다. 논문이나 에세이에도 독자의 자유는 있겠지만, 카프카에서 보았듯이 소설만큼 그 가능성이 크지는 않을 것이다. 소설은 매직 미러 같은 존재이다. 눈을 똑바로 뜨고 바라보면 그 안에 있는 작자가 보일지 모른다. 그러나 동시에 거기에 비춰지는 자기 자신을 보게 될지도 모른다. 슬로 리더라도 「다리」의 주인공처럼 의무에 묶여 있는 것은 아니므로, 너무 날카로워지지 말고 여유 있게 책을 대하기 바란다.

제1부에서도 이야기했지만, 속독책의 가장 큰 오류는 책에 단 하나의 '정답'만이 존재한다고 전제하는 것이다. '70퍼센트의 이해율'이나 '80퍼센트의 이해율' 같은 말은 해석의 다양성을 부정하는 발상이다.

이미 이해했으리라 생각하지만, 카프카의 「다리」 같은 소설은 속독해야 할 의미가 전혀 없다. 바보 같은 짓이다. 겨우 몇십

줄밖에 되지 않는 짧은 작품을 몇 년에 걸쳐 생각해도 좋을 정도다. 중요한 것은 다른 사람과 경쟁하며 다른 사람을 기준으로 독서를 하는 것이 아니라, 자기 자신의 독서 페이스에 맞추어 확실하게 음미하며 생각하고 즐기는 것이다.

느낌은 몇 번이고 바뀔 수 있는 것

독서에서 중요한 것은 자신의 감상을 과신하지 않는 태도이다. 카프카 같은 난해한 작품은 특히 그런데, 어떤 소설이라도 몇 년 지나 다시 읽어보면 반드시 다른 감상을 갖게 될 것이다. 그러므로 읽고 난 후의 느낌에 대해서는 '지금의 자신은 이렇게 느꼈다, 하지만 몇 년 지나면 다시 바뀌겠지'라는 정도로 항상 '일시적 느낌'을 가지는 것이 좋다. 이것을 '최종적인 대답'이라고 생각하지 않으면, '잘못' 읽을 것을 염려할 필요도 없다. 자기 나름대로 생각하다가 그것이 아니라는 생각이 들면 언제든지 정정하면 되는 것이다.

예를 들어 베이비붐 세대로 정년퇴직을 맞이한 사람은, 지금까지 카프카의 '카' 자에도 흥미를 갖지 않았더라도, 여기에 나오는 '나'에 완전히 감정이입할지도 모른다. ─아, 나도 직무를 수행하는 데 이렇게 강박관념 같은 의무감을 가지고 있었지. '낙하' 란 정년을 말하는 것일까? '그' 는 '늙음' 의 비유가 아닐까? 예전에는 나도 '다리' 같은 직함을 가지고 있었지. 이제는 그것들이 산산이 찢긴 것은 아닐까? ……그러나, 여기서 더 나이를 먹고 다시 읽어보면 또다른 해석도 가능할 것이다.

또한 자신의 감상을 고집하지 말고 다른 사람은 카프카를 어떻게 읽었을지를 생각하며 관련 서적을 찾아보는 것도 재미있는 일이다. 들뢰즈와 가타리나 모리스 블랑쇼 같은, 나 자신과는 별 연이 없을 것 같은 사상가들도 모두 열심히 카프카에 대해 논하고 있다. 카프카를 통해 우리는 처음으로 그런 이들의 저작물을 만날 수 있다. 그때 우리는 카프카 커넥션에 참가하고, 카프카 문학이라는 커다란 현상에 말려들게 된다. 그곳에서는 우리 한 사람 한 사람의 해석이 카프카 문학의 새로운 페이지를 장식한다.

인간은 태어나서 죽을 때까지 계속 변화한다. 사물을 보는 방법도 바뀌고, 사고방식도 바뀐다. 그것은 잘못된 것이 아니다. 같은 책을 몇 년 후에 읽고 그에 대한 자신의 감상이 바뀌었다면, 그만큼 자신이 변했다는 것이며 그 몇 년 동안에 의미가 있었다는 것이다. 감상은 한 번으로 그치는 것이 아니다. 오히려 그것은 살아 있는 한 몇 번이고 갱신되는 것이다.

◆미시마 유키오의『금각사』

2000년 사후 20주기를 기념하는 전집이 간행된 이래『봄의 눈春の雪』이 영화화되는 등 근 몇 년 동안 미시마 유키오(三島 由紀夫) 붐이 일었다. 여기서는 그의 최고 걸작인『금각사金閣 寺』를 예로 들어 보겠다. 장면은 주인공과 젠카이 스님의 대화 부분이다.『마음』과 마찬가지로 전체 흐름 속에서 이 장면을 어 떻게 위치지어야 할지를 의식하면서 보아가기로 한다.

『금각사』는 잘 알려진 바와 같이, 1950년 절에 기거하는 청 년 스님에 의해 저질러진 '금각 방화'라는 실제 사건을 바탕으 로 한 소설이다. 미시마는 제2차 세계대전이 끝난 지 오 년이 지 난 스물다섯 살 때 이 사건을 경험했으며 서른부터 서른한 살까 지 이 작품을 집필했다.

젠카이 스님은 주인공이 마침내 금각에 방화를 하기 직전에 처음 등장했다가 금방 사라지는 불가사의한 인물이다.

스님에게는 노승에게 없는 소박함이 있었고 아버지에게 없 는 힘이 있었다. 그 얼굴은 햇볕에 탔고 코는 큼직하게 벌어져 있었으며, 짙은 눈썹의 살이 융기되어 서로 몰려 있는 모습은 오오베시미* 가면을 본떠 만든 것 같았다. 조화를 이루고 있는 얼굴은 아니다. 남아도는 내부의 힘이 마음대로 흘러넘쳐 조화를 깨고 있다. 튀어나온 광대뼈까지 남화(南畵)의 바위산같이 날카롭다.

그래도 쩌렁쩌렁 큰 소리로 이야기하는 스님에게는 내 심금을 울리는 상냥함이 있다. 세상에 흔히 있는 상냥함이 아니라 마을을 떠난 나그네에게 그늘의 휴식을 주는 거목의 거친 뿌리 같은 상냥함이다. 몹시 거칠게 느껴지는 상냥함이다. 이야기를 하면서 오늘밤만큼은 나 자신의 결심이 그러한 상냥함 때문에 둔해지지 않도록 경계했다. 그러자 또다시 노승이 일부러 나를 위해 스님을 부른 게 아닌가 하는 의구심이 생겼지만, 나를 위해서 후쿠이(福井) 현의 스님에게 상경을 부탁하는 일은 있을 수 없었다. 스님은 기묘한 우연의 손님, 더없이 적합한 파국의 증인에 지나지 않았다.

두 홉 정도 들어가는 백자 술병이 비었기 때문에 나는 가볍게 목례를 하고 전좌(典座)로 술을 더 가지러 갔다. 뜨거운 술병을 들고 돌아오자 전에 없던 감정이 솟아났다. 한 번도 다른

---

* 노(能) 가면의 일종. 입 양쪽에 힘을 주어 양 입술을 꼭 다문 모습을 하고 있다.

사람들에게 이해받고 싶은 충동이 없었는데 이때에 이르러 젠카이 스님에게만큼은 이해를 받고 싶어진 것이다. 다시 돌아와서 술을 권하는 내 눈이 아까와는 달리 몹시 진솔하게 빛나는 것을 스님은 눈치챘을 것이다.

"저를 어떻게 생각하시는지요."

라고 나는 여쭈었다.

"음, 착실하고 좋은 학생으로 보이는구먼. 뒤에서 어떤 도락을 일삼고 있는지, 나는 모르네. 그렇지만 딱하게도 옛날과 달리 도락에 필요한 돈도 없겠군. 아버지도 젊었을 때는 나와 이곳 주지하고 나쁜 짓도 꽤 하곤 했지."

"저는 평범한 학생으로 보이는지요."

"평범해 보이는 것이 무엇보다 중요한 걸세. 평범하면 되는 거지. 그러는 편이 다른 사람들의 의심을 사지 않아 좋다네."

젠카이 스님은 허영심이 없었다. 인물에서 서화, 골동품에 이르기까지 전반에 걸쳐 감식을 의뢰받는 고승들은 흔히, 나중에 오류가 있을 때 비웃음을 사지 않도록 단정적으로 말하지 않으려 하는 폐단이 있다. 물론 선승답게 즉석에서 독단을 내리기도 하지만, 어떤 의미로 받아들여도 괜찮을 여지를 남겨두는 것이다. 그러나 젠카이 스님은 그렇지 않았다. 그가 본 대로 느낀 대로 말하고 있음을 잘 알 수 있었다. 그는 자신의 단순하고 강한 눈에 비친 사물에 굳이 의미를 찾으려 하지 않았다. 의미는 있어도 좋고 없어도 좋았다. 그리고 무엇보다도 내가 스님이 위대하다고 생각하는 점은, 사물을 볼 때, 예를 들면 나를 볼 때 스님의 눈에만 보이는 특별한 것에 의지하여 이의를 제기하는 것이 아니라 다른 사람들 눈에도 그렇게 보임직한 방법으로 본다는 것이었다. 스님에게 단순한 주관적 세계는 의미가 없었다. 나는 스님이 하고자 하는 말을 이해하고 차츰 평온함을 느꼈다. 내가 다른 사람에게 평범하게 보이는 한 나는 평범한 것이며, 굳이 어떤 이상한 행위를 하더라도 나의 평범함은 키질을 한 쌀알처럼 남아 있는 것이었다.

나는 어느새 나 자신이 스님 앞에 조용히 서 있는, 잎이 우거진 작은 나무처럼 생각되었다.

"다른 사람들의 눈에 비치는 대로 살면 되는 것인지요?"

"그렇지도 않을 걸세. 하지만 이상한 짓을 저지르면 또 사람들은 그렇게 봐준다네. 세상 사람들은 잘 잊어버리니까 말일세."

"사람들이 보고 있는 저와 제가 생각하는 저, 어느 쪽이 지속적인 것인지요?"

"어느 쪽이건 도중에 끊기지. 굳이 마음을 먹고 지속시키려 해도 언젠가는 또 뚝 끊기는 거라네. 기차가 달리는 동안 승객은 멈춰 있지. 기차가 멈추면 승객은 그때부터 걷기 시작해야만 해. 달리는 것도 끊기고 휴식도 끊기지. 죽음은 최후의 휴식이라지만 그렇다고 해서 그게 언제까지 계속될지 알게 뭐란 말인가."

"저를 꿰뚫어봐주십시오." 나는 마침내 말했다. "저는 스님이 생각하시는 것 같은 인간이 아닙니다. 제 본심을 꿰뚫어봐주십시오."

스님은 입에 술을 머금고는 나를 물끄러미 바라보았다. 비에 젖은 로쿠엔지(鹿苑寺)의 크고 검은 기와지붕 같은 침묵의 무게가 나를 짓누르고 있었다. 나는 전율했다. 갑자기 스님이 참으로 맑고 밝은 웃음소리를 낸 것이다.

"꿰뚫어볼 필요 없다네. 자네 얼굴에 다 나와 있으니까 말일세."

스님은 그렇게 말했다. 나는 나 자신의 구석구석을 완전히 이해받은 듯한 느낌이 들었다. 나는 처음으로 공백 상태가 되었다. 그 공백을 틈타 스며드는 물처럼 행위의 용기가 신선하게 솟구쳤다.

미시마 유키오, 『금각사』
(신초 문고, 308~311쪽)

왜 이런 신(scene)이 들어 있을까?

『금각사』를 읽은 적이 있다고 하는 몇몇 지인들과 이야기를 하다보면 이 젠카이 스님과 주인공의 대화 장면을 금각사의 주지인 도센 스님과 주인공의 대화로 잘못 기억하고 있는 사람들이 있다. 그것도 무리는 아니다. 소설의 클라이맥스 직전 극히 중요한 장면에 전혀 모르는 등장인물이 '기묘한 우연의 손님'으로 툭 튀어나왔다가 사라져버리는 전개방식에 역시 '위화감'을 느낀 사람도 많을 것이다. 그러나 지금까지 보아왔듯이, 위화감이 느껴지는 곳이야말로 눈여겨봐두어야 하는 곳이다. 그러한 신에는 작자가 다소 무리를 해서라도 억지로 집어넣고 싶었던 중요한 의미가 담겨 있다고 생각해야 한다.

여기에서의 포인트는 첫 부분의 젠카이 스님의 설명에 나타나고 있는 아버지와 노승의 대비이다. "스님에게는 노승에게 없는 소박함이 있었고 아버지에게 없는 힘이 있었다"─미시마는 이러한 대구적 표현을 즐겼는데, 대비에 착목하는 것은 이미 살펴본 슬로 리딩의 테크닉이다. 그것을 알아챘을지 궁금하다.

『금각사』를 아직 읽지 않은 사람을 위해 잠깐 설명을 해두자면, 아버지의 사후에 주인공이 맡겨진 금각사에서 노승은 주인공의 부성 역할을 한다. 그렇게 생각한다면 이 세 사람을 한데 묶어 대비시키는 것은 젠카이 스님 역시 마지막으로 등장하는 부성 타입임을 시사하는 의미일 것이다.

주인공의 아버지는, 소년 시절의 주인공이 같은 모기장 안에서 어머니가 친척 남자와 바람을 피우는 것을 목격했을 때 말없이 그의 눈을 가려준 존재였다. 그 신으로 상징되듯이 그는 현실의 '지옥'에 눈을 감고 오로지 금각사의 미에 탐닉한다. '금각사만큼 아름다운 것은 지상에 없다'고 말하는 아버지에게 주인공은 큰 영향을 받아, 그 자신도 현실인식으로부터 멀어져간다. 이어서 아버지의 사후에 맡겨진 금각사의 노승은, 외견은 주지이지만 내면에는 오히려 니힐리스틱한 황폐함이 있었으며, 그 영향하에서 주인공의 현실과의 관계 회복은 점점 더 어려워진다. 그리하여 금각 방화를 기도하며 막다른 곳에 몰린 주인공이 마지막으로 만나는 것이 젠카이 스님이다.

독자는 이 남자가 굳이 이 장면에 등장하는 것은 그가 지금까지의 두 사람과는 다른 타입의 부성인데다 아무래도 그것이 이야기 전개상 필요하기 때문이라 짐작할 것이다. 주인공의 문제는, 아버지가 미와 현실로, 노승이 외견과 내면으로 분열되어 있었던 탓에 자신도 그러한 이원론적인 세계관으로 분열되어 버렸다는 사실이다. 그리고 금각은 바로 그러한 인식의 상징으로 주인공을 구속하고 있다. 그가 금각 방화를 결의한 것은 그 속박으로부터 벗어나 외면과 내면, 현실과 미, 행동과 인식이라는 모순을 해소하기 위해서였다. 결행 전에 그러한 그의 결의를 긍정하기라도 하듯 이상적인 부성으로 등장하는 것이 젠카이 스님이다. 작자의 의도는 그와의 대화를 통해 복잡한 이 소설의 흐름을 한번 정리해두고자 하는 것이었을 터이다.

'사상의 대결' 로서의 대화

러시아의 문예비평가 바흐친은 도스토옙스키의 소설을 논하며, 등장인물이 각각 완전히 독립된 사상을 갖고 그들이 대화를 통해 대결하는 타입의 소설을 폴리포니 소설이라 일컬었다. 그리고 도스토옙스키의 소설이 모험소설에나 나올 법한 이상한 사건에 등장인물을 차례로 끌어들이는 것은 '인물들을 도발하여 초조하게 만들고 시련을 겪게 하여 대화를 하도록 유도하는 표현과 플롯 설정을 추구했기' 때문이라고 말한다. 우리도 평상시에 대화할 때는 친구와 의견이 일치하지 않아도 적당히 타협을 하지만, 가령 무고죄로 혐의를 받게 되면 '아니야, 나는 그런 인간이 아냐!'라며 필사적으로 항변할 것이다.

엄밀히 따지자면 미시마의 작품을 바흐친이 말하는 의미에서의 폴리포니 소설이라 불러도 좋을지에 대해서는 이론의 여지가 있을 것이다. 하지만, 적어도 이 『금각사』나 『교코의 집鏡子の家』은 도스토옙스키나 토마스 만의 장편소설에서 강한 영향을 받고 씌어진 것이다. 소설의 극적 효과라는 관점에서도 내면의 갈등묘사보다는 그 대립이 각각의 인물에 반영되어 격렬한 논쟁이 오갈 때 더 두드러진다. 여기에서 다루고 있는 부분도 젠카이 스님을 굳이 등장시키지 않고 주인공의 내면의 사색을 그려나가며 일종의 깨달음을 얻게 함으로써 금각 방화로 연결시키는 것이 더 나았을지도 모르지만, 의도적으로 과거 두 사람의 부성과 대비되는 인물을 등장시키고 대화 형식을 채용함으로써 논점이 더욱 선명해졌다.

주인공은 "저를 어떻게 생각하시는지요"라고 묻고 있다. 이

때 그는 이미 금각 방화를 결심한 상태로, 스님이 그것을 꿰뚫어볼 수 있는지 없는지를 시험하고 있는 것이다. 이 물음은 지금까지 보아온 것처럼 독자의 물음을 직접 대변하는 것은 아니지만, 갑자기 등장한 인물이 어떤 사람인지를 시험한다는 의미에서는 독자의 뜻에 따르고 있다고 할 수 있다.

그러나 젠카이 스님은 그냥 '평범해 보인다'고만 말한다. 이에 주인공은 그가 외견밖에 보고 있지 않다고 생각하고 자꾸 캐묻는다. 그러는 동안 젠카이 스님에 대한 긍정적인 인상이 분명하게 기술(記述)되는데, 결과적으로 독자는 이 등장인물이 신용할 수 있는 인물일 것이라는 예감을 품게 된다. 이러한 기술은 말하자면 독해의 힌트이다. 대화가 더 이어지면서 주인공은 마침내 "저를 꿰뚫어봐주십시오"라고 다그친다. 그러나 젠카이는 이에 대해 "꿰뚫어볼 필요 없다네. 자네 얼굴에 다 나와 있으니까 말일세"라고 대답한다.

내가 이 신을 고른 것은, 중요한 대화임에도 불구하고 옛날부터 나쁜 의미에서 '오독'되는 일이 많은 부분이기 때문이다. 주인공은 "나는 나 자신의 구석구석을 완전히 이해받은 듯한 느낌이 들었다"고 한다. 그리고 '행위의 용기가 신선하게 솟구쳤다'고 말한다. 금각 방화까지는 이제 일보 직전이다. 그러나 여

기에서 젠카이 스님은 주인공의 범행계획이 '얼굴에 나와 있
다'고 말한 것이 아니다. 또한 주인공도 그렇게 오해하지 않았
다. 이는 전형적인 속독적 오독이다. '꿰뚫어본다'라는 발상은
원래 인간을 외견과 내면으로 나누는 발상이다. 외견이 거짓이
고 내면이 진실이라고 생각하기 때문에 비로소 '꿰뚫어본다'
라는 발상이 생겨나는 것이다. 때문에 주인공은 계속 괴로워했
다. 그러나 젠카이 스님은 원래부터 그러한 사고방식을 갖고 있
지 않다. 그는 주인공을 '다른 사람 눈에도 그렇게 보임직한 방
법으로 본다'. 그 결과 주인공의 얼굴에서 인식할 수 있던 것은
평범함에 불과했다. 그렇게 보인다는 것은 곧 이때의 주인공이
평범하다는 것이다. 그렇다면 젠카이는 속은 것인가? 이 역시
그렇지 않다. 반복해서 말하지만, 그 발상은 이원론적인 것이
다. '하지만 이상한 짓을 저지르면 또 사람들은 그렇게 봐준'
다. 실제로 행동으로 옮겨 방화를 하면 그때 주인공은 범죄자로
인식된다. 그가 범죄자가 되는 것은 그때부터이다. 그리고 여
기에 이르러 행위자와 타자로부터의 인식 대상은 완전히 일치
하여 내면과 외면의 구별이 없어진다. 주인공은 금각 방화를 결
의한 발상을 '구석구석을 완전히 이해받았다'고 느낀다. 이것
을 의식하면서 다시 한번 예문의 대화를 감상해보자.

'세세한 기술(技術)의 효과'를 감지한다

소설을 읽을 때 가장 속도를 낼 수 있는 곳이 대화 부분이다. 같은 내용이 전개되어도 지문으로 설명하는 것과 대화로 진행하는 것은 매우 다른 인상을 준다. 집필하는 입장에서도 대화 부분은 대체로 속도가 붙는다.

그 속도감을 맛보는 것과 함께, 대화 장면에 들어 있는 다양하고 세세한 기술(技術)도 놓치지 말기 바란다.

가령 예문에서 젠카이가 사용하는 말의 어미이다. '보이는구먼', '걸세', '준다네', '말일세' 등 모두 노인 말투이다. 이런 어미는 아무것도 아닌 것 같지만, 노인이라는 존재가 일반적으로 가지고 있는 '풍부한 경험', '예지'의 이미지를 빌려 발언에 일종의 여유와 위엄을 부여하고 있다. 이는 특히 주인공의 수기라는 체재를 취하고 있는 화려한 지문과 뚜렷한 대조를 이루며 효과를 발휘한다.

대화를 '듣는 것'과 대화를 '읽는 것'의 가장 큰 차이는 물론 목소리의 유무이다. 글로 씌어진 대화에서는, 부족한 요소를 보충해야 하기 때문에 어투가 종종 실제 이상으로 과장된다(혹은 반대로 부드러워진다). 어미가 그 예이다. 소설의 대화를 음

164

독할 때, 눈으로 좇아 읽을 때에는 몰랐던 부자연스러움을 느끼게 되는 것은 그 때문이다.

그리고 간격을 조절하는 것도 작자로서는 어려운 기술이다. 소설은 읽는 페이스를 독자가 조절할 수 있어 되감기나 일시정지가 자유자재라는 이점을 갖고 있지만, 그러기 위해 작자는 대화에 설정할 간격을 독자가 알 수 있도록 여러 가지로 궁리할 필요가 있다.

가장 단순한 방법은 '……' 나 '—' 와 같은 기호를 사용하는 것이다. 그리고 풍경묘사나 심리묘사를 삽입하는 것도 한 가지 방법일 것이다. 음료수를 마시는 것 역시 실제 대화에서와 마찬가지로 소설에서도 유효하다. 그 외 제삼자가 대화에 끼어드는 방법도 생각할 수 있다. 앞 예문에서는 주인공이 "저를 꿰뚫어 봐주십시오"라고 재촉한 후에 "스님은 입에 술을 머금고는 나를 물끄러미 바라보았다. 비에 젖은 로쿠엔지(鹿苑寺)의 크고 검은 기와지붕 같은 침묵의 무게가 나를 짓누르고 있었다. 나는 전율했다. 갑자기 스님이 참으로 맑고 밝은 웃음소리를 낸 것이다"라는 문장이 삽입되어 있다. 이는 내용과 마찬가지로 간격을 주는 효과를 발휘하고 있다.

일반적으로 이러한 간격 뒤에는 중요한 발언이 준비되어 있는 경우가 많다. 작자로서는 그런 발언을 독자가 가볍게 읽어 넘기는 것을 원하지 않는다. 그래서 일단 대화를 끊고 주의를 촉구하는 것이다. 실제로 이 예문 중 가장 중요한 발언은 이에 이어지는 "꿰뚫어볼 필요 없다네. 자네 얼굴에 다 나와 있으니까 말일세"이다.

재미있어지려는 참이지만, 『금각사』에 대해서는 이 정도로 해두겠다.

◆가와바타 야스나리의『이즈의 무희』

이번에는 취향을 조금 바꾸어, 퀴즈 형식으로 슬로 리딩의 한 가지 포인트를 공부해보자.

【문제】다음 예문은 가와바타 야스나리*의『이즈의 무희伊豆の踊子』중 일부분이다. ① '안녕'이라는 인사를 하려 한 것은' 누구인가? 그리고 ② '끄덕여 보인 것'은 누구인가? 각각 주어를 쓰시오.

> 승선장에 다가가자 바닷가에 웅크리고 있는 무희의 모습이 내 가슴에 뛰어들었다. 곁으로 다가갈 때까지 그녀는 가만히 있었다. 말없이 고개를 숙였다. 어젯밤부터 그대로 남아 있는 화장이 나를 더욱더 감정적으로 만들었다. 눈꼬리의 붉은 기운이 화난 듯한 얼굴에 어리지만 늠름한 느낌을 주고 있었다. 에이키치(栄吉)가 말했다.

---

* 川端康成, 1899~1972. 소설가. 신감각파 운동을 전개하여 독자적인 미적 세계를 구축했다. 문화훈장과 노벨문학상을 수상했다. 대표 작품으로『이즈의 무희』『설국』『천우학』『산소리』 등이 있다.

"다른 사람도 있나?"

무희는 머리를 흔들었다.

"아직 다들 자고 있어?"

무희는 끄덕였다.

에이키치가 배표와 거룻배표를 사러 간 사이 나는 이것저것 말을 걸어보았지만, 무희는 수로가 바다로 들어가는 곳을 물끄러미 내려다본 채 한마디도 하지 않았다. 내 말이 끝날 때마다 몇 번이고 고개를 끄덕여 보일 뿐이었다.

그때, "할머니, 이 사람이 좋겠군" 하며 막노동꾼으로 보이는 남자가 내게 다가왔다.

"학생, 도쿄에 가는 거지? 자네를 믿고 부탁하는 건데 말야, 할머니를 도쿄에 데리고 가주지 않겠나? 딱한 할머니야. 아들이 렌다이지(蓮台寺) 은산(銀山)에서 일하고 있었는데, 이번 유행성독감 때문에 아들, 며느리 모두 죽어버렸어. 이렇게 어린 손자가 셋이나 남았단 말이지. 아무래도 어쩔 수 없어서 우리가 의논을 해서 고향으로 돌려보내려는 참이야. 고향은 미토(水戸)인데, 이 노인네 아무것도 몰라서 말일세, 레이간 섬(靈岸島)에 도착하면 우에노(上野) 역으로 가는 전차를 좀 태워줘. 귀찮겠지만, 내 이렇게 두 손 모아 부탁하네. 이런 모습을 보면 불쌍하다는 생각이 들 걸세."

오도카니 서 있는 할머니 등에는 젖먹이가 업혀 있었다. 작은 것이 세 살, 큰 것이 다섯 살 정도 되는 두 여자아이가 양손을 잡고 있었다. 지저분한 보자기에서 커다란 주먹밥과 매실장아찌가 비어져나와 있다. 대여섯 명의 광부가 할머니를 위로하고 있었다. 나는 기꺼이 할머니를 보살피기로 했다.

"부탁하네."

"고마우이. 우리가 미토까지 데려다줘야 하는데, 그러지도 못 해서 말야"라고 광부들은 제각각 내게 인사했다.

거룻배는 심하게 흔들렸다. 무희는 계속 입술을 꼭 다문 채 한쪽을 응시하고 있었다. 내가 줄사다리를 잡기 위해 뒤를 돌아보았을 때 안녕이라는 말을 하려 했지만, 그것도 그만두고 다시 한번 고개를 끄덕여 보였다. 거룻배가 돌아갔다. 에이키치는 방금 전 내가 준 사냥모자를 자꾸 흔들고 있었다. 훨씬 멀어지고 나서야 무희가 하얀 것을 흔들기 시작했다.

가와바타 야스나리, 『이즈의 무희』
(『이즈의 무희』, 신초 문고, 42~44쪽)

자 어떤가? 나일까, 무희일까?—정답과 해설은 작자 자신에게 부탁해보자.

> 처음에 나는 이 질문이 의아했다. 당연히 무희 아닌가? 이 항구의 이별의 정감으로 봐도 고개를 끄덕인 것은 무희여야 한다. 이 장면의 '나'와 무희의 모습으로만 봐도 무희임이 명백하지 않은가? '나'인지 무희인지 의심하거나 헷갈리는 것은 독해력이 부족한 것이 아닌가?
>
> "다시 한번 고개를 끄덕였다"에서 굳이 "다시 한번"이라고 쓴 것은, 그 앞에서 무희가 고개를 끄덕였다고 썼기 때문이다.
>
> (중략)
>
> 그런데 독자의 편지를 계기로, 의문이 드는 곳을 찾아 그 문장만 잘 읽어보니 '나'인지 무희인지 헷갈리는 것도 당연하겠다는 생각이 처음으로 들었다. "내가 줄사다리를 잡기 위해 뒤를 돌아보았을 때 안녕이라는 말을 하려 했지만, 그것도 그만두고 다시 한번 고개를 끄덕여 보았다"에서는, '안녕이라는 말을 하려 한 것'도 '고개를 끄덕인 것'도 '나'로 파악하는 것이 오히려 자연스러울지도 모른다. 그러나 그렇다면 '내가'가 아니라 '나는'이라고 해야 할 것이다. '내가'의 '가'는 '인사를

170

하려 한 것'이 나와는 다른 무희라는 사실, 무희라는 주격이 생략되어 있다는 사실을 암암리에 느끼게 해주지 않는가? '(무희는) 안녕이라는 말을 하려 했다'의 무희라는 주격을 생략했기 때문에 독자를 혼란스럽게 하는 애매한 문장이 된 것이다. 영역자인 사이덴스티커(Edward G. Seidensticker)도 '나'라고 쓰고 있다.

"As I started up the rope ladder to the ship I looked back. I wanted to say good-by, but I only nodded again."

가와바타 야스나리, 「나의 문학私の文学」
(『일초일화一草一花』, 고단샤 문예문고, 300~302쪽)

'주어의 생략'에 주의한다

명문과 악문은 종이 한 장 차이일지도 모른다. 작자에게 이 물음은 우문으로 느껴졌을 것이다. 그러나 쓰는 사람과 독자 사이에 이러한 엇갈림이 일어나는 것이 문장이다.

오독의 원인을 정리하면 다음과 같다. 작자는 우선 '이야기의 흐름'상 당연히 주어는 무희가 아니냐고 말하고 있다. 독자들이 그 '흐름'을 잘못 읽는 것은 어느 정도 어쩔 수 없는 일이다. 그러나 그 '흐름'을 확실하게 하기 위해 작자는 여러 가지로 생각을 한 것이다.

이러한 오독이 치명적인 것은 역시 '다시 한번'을 간과했기 때문일 것이다. 그 표현으로 '고개를 끄덕여 보인 것'이 무희임을 알았다면, 자동적으로 '안녕이란 말을 하려 한 것' 역시 무희임을 알 수 있었을 것이다. 슬로 리더의 입장에서는 바로 그러한 점을 지적해야 한다.

그리고 조사에 착목한다는 철칙에 따르면, '내가 ~ 안녕이라는 말을 하려 했지만, 그것도 그만두고 다시 한번 고개를 끄덕여 보였다'는 문장은 부자연스러움을 알 수 있을 것이다. 일본어는 영어와 달리 주어를 자주 생략하여 술어와의 관계가 명확하지 않은 경우가 많은데, 그럴 때는 주어를 받는 격조사가 '은/는'인지 '이/가'인지를 확인해봄으로써 위의 예처럼 그것을 특정할 수 있는 경우가 많다.

슬로 리딩의 테크닉 중에 외국어로 번역을 해보는 방법이 있는데, 이것은 주어를 특정한다는 의미에서 효과가 있을 것이다. 사이덴스티커의 영역이 주어를 잘못 옮기고 있는 것도 재미있다. 저명한 일본문학 연구자도 오독할 정도이므로, 여기에서 실수로 주어를 '나'라고 생각한 사람도 기죽을 필요는 없을지도 모르겠다(!?).

'일인칭 소설'은 경계해야 한다

가와바타 야스나리라고 하면 소위 '신감각파(新感覺派)'의 대표 작가로서 일반적으로 감각적이고 아름다운 문장을 쓰는 사람이라는 이미지가 있는데, 이러한 자작 해설을 읽다보면 한편으론 그의 비평가적인 자질도 엿볼 수 있다. 자작인 만큼 상당히 꼼꼼하게 분석하고 있는데, 실은 앞의 에세이 뒤에는 다음과 같은 흥미로운 내용이 이어진다.

『이즈의 무희』는 모두 '나'가 본 것으로 기술되어 있어서, 무희의 심리나 감정도 '나'가 보고 들은 무희의 몸짓이나 표정, 대화만으로 표현되어 있기 때문에, 실상 무희 입장에서는 아무것도 기술되고 있지 않다. 따라서 '(무희는) 안녕이라는 말을 하려 했지만, 그것도 그만두고'처럼, 이곳만 무희 입장에서 기술하는 것은 전체적으로 균형을 깨는 표현이다.

무희가 무엇인가 말을 하려고 하긴 했지만 그것이 '안녕'

이라는 말이었는지 어쩐지는 '나'로서는 알 수 없다. 어쩌면 이 '안녕'이 단순한 인사말의 의미라고 해도, '말을 하려 했지만'은 '나'가 본 것을 기술하는 방식은 아니다. '그것도 그만 두고'도 좋지 않다. 영역판에서는 주어가 무희가 아니라 '나'로 되어 있는데, '그것도 그만두고'는 생략되어 있다. 그리고 "무희는 계속 입술을 꼭 다문 채 한쪽을 응시하고 있었다"의 '한쪽'이란 어디인가? 여기서는 막연한 방향을 나타내는 '한쪽'일 리가 없다. 이런 식이므로 주어 한 단어를 보충하는 것만으로는 부족해서 구작(舊作) 3, 4행을 다시 써야 된다고 생각하니, 나는 갑갑한 혐오감에 사로잡혀버렸다. 만약 자세히 보면 작품 전체가 엉성해질 것 같았다.

같은 책, 302~303쪽

그렇군, 그래서 틀렸구나! 라고 생각하는 사람도 있을 것이다. 하지만 여기서 말하고자 하는 것은 앞에서 본 것과 같은 단순한 오독보다도 내용상 조금 더 깊은 이야기이다.

가와바타 야스나리는 "말을 하려 했지만'은 '나'가 본 것을 기술하는 방식은 아니다"(강조는 히라노)라고 겸허하게 반성하고 있는데, 예를 들어 다음과 같은 일상적인 대화는 어떨까?

"그래서 상대방은 아직 무슨 말을 하려고 했지만, 화가 나서 무시해버렸어!"

부자연스럽게 느껴지는가? 엄밀하게 말하자면 '말을 하려고 한 것 같았지만'일 것이다. 예문에서도 '안녕이라는 말을 하려고 한 것 같았지만'으로 했다면 오해는 없었을 것이다. 물론 그 경우에도 '안녕'이라는 구체적인 문구에 대해서는, 가령 엄마가 아이에게 '얘야, 아주머니께 안녕해야지'라고 했을 때 아이가 '바이바이'라고 말해도 되듯이, 문자 그대로 '안녕'이라는 말을 소리내어 하는 것이 아니라 헤어질 때 하는 인사를 뜻하는 관용적 표현으로 '안녕이라고 말하다'라는 표현이 사용되고 있다고 해석해야 할 것이다.

그러나 그것을 과연 문법적으로 엄밀하게 바꾸어 표현할 필요가 있을까? 우리는 설령 문법상으로는 '사실'로서 말을 하더라도 화자가 일인칭인 이상 그것이 '추측'에 지나지 않음을 알고 있다. '한 것 같았다', '해 보였다'는 청자, 혹은 독자의 마음속에서 보충된다.

그것이 어느 정도 '사실'에 가까운 것인지—마음대로 넘겨짚은 것인지, 상황으로 봐서 명백한 것인지는 경우에 따라 다르다. 우리는 커뮤니케이션 중에 어느 정도 폭력적으로 상대의 심정을 가정하곤 한다. 그리고 상대의 언동으로 그 가정을 약간씩 조정한다. 『이즈의 무희』의 '나'도 몇 년 지나 무희와의 여러 가지 추억을 회상하게 된다면, 이별할 때 그녀가 '안녕이라고 말하려 했던' 것은 아니었다고 생각할지도 모른다.

일인칭 소설에서는 얼핏 보기에 작자로서의 초월적 시점이 갑자기 개입한 느낌을 주는 삼인칭 등장인물의 내면에 대한 언급이, 실은 우리들의 일상적인 대화의 일반적인 전제에서 유래한 것에 불과한 경우가 자주 있다.

여기에서의 오독은, '말을 하려 했지만'이라는 의지의 표현이므로 주어는 화자일 것이라는 생각에서 비롯되었다. 말을 통해 타자와 서로 소통을 할 때에는 그것이 늘 이러한 '사실'과 '추측' 사이의 애매한 가정을 바탕으로 하고 있음을 잘 이해하길 바란다.

◆ 가네하라 히토미의『뱀에게 피어싱』

지금까지 너무 고전적인 작가의 작품들만을 다루어왔기 때문에, 이번에는 현대의 젊은 여성작가의 작품을 다루어보겠다. 가네하라 히토미(金原ひとみ)의『뱀에게 피어싱蛇にピアス』이다.

가네하라가 와타야 리사(綿矢りさ)와 함께 이 작품으로 아쿠타가와 상을 수상하여 세간의 주목을 받은 것은 2003년의 일이다. 그후에도『애시 베이비』『AMEBIC』등의 화제작을 발표하여, 수상 후의 질투 섞인 비판을 불식시키기에 충분할 만큼, 활발한 활약을 하고 있다.

이것은 순전히 여담이지만, 아쿠타가와 상은 재단법인 일본문학진흥회가 주최하고 문예춘추사가 실권을 잡고 있으며, 상반기와 하반기에 각각 대여섯 편 정도의 후보작을 선정하여 열 명 전후의 작가로 이루어진 심사위원의 회의를 거쳐 수상작을 결정한다. 가네하라와 와타야 두 명이 공동수상을 했을 때에도 실적이 저조한 문단과 출판업계가 화제작을 만들기 위해 젊고 예쁘장한 여자아이들에게 상을 준 것이라는 비판이 있었는데, 여러 가지 의미에서 그런 일은 현실적으로 있을 수 없다. 내가 아는 한, 심사는 우직할 만큼 진지하게 이루어진다. '부당한 심

사 결과'에 '의분'을 느끼는 사람이 있다면, 구체적으로 심사
위원 누구누구가 어느 출판사의 의향에 맞추어 심사회의장에
서 그런 영향을 미쳤다, 라는 식으로 실명을 들어 비판해야 할
것이다. 그것이 불가능하다면 단순한 망상에 지나지 않는다.
슬로 리딩으로 함양한 능력은, 이런 미디어 리터러시를 이해하
는 능력도 높여줄 것이다.

그럼 여담은 그만두고, 바로 예문으로 들어가보자.

"어떻게, 어떻게 그럴 수가 있어!"

그렇게 소리치며 바닥을 내리치자 검지에 끼고 있던 시바
씨의 반지가 마룻바닥에 부딪혀 둔탁한 소리를 냈다. 그 소리
에 반응이라도 하듯, 나는 더욱 격렬하게 흐느꼈다. 도대체
어떻게, 어떻게 나를 두고 갈 수 있어? 눈물이 멈추자 분노가
치밀어올랐다. 턱이 아파오도록 이를 악물었다. 갑자기 뚝,
하고 입 안에서 기분 나쁜 소리가 났다. 혀로 입 안을 더듬어
보니 충치였던 어금니가 빠져 있었다. 나는 빠진 이빨을 씹어
으깨 그대로 삼켰다. 내 피와 살이 돼줘. 뭐든 전부, 내가 되면
돼. 아마 너도, 내 속에 녹아버리면 좋았잖아. 내 속에 들어가
날 사랑하면 좋았잖아. 그랬으면 나는 이렇게 외롭지 않았을

텐데. 내가 가장 소중하다고 해놓고서 어떻게 날 혼자 두고 갈 수 있어? 어떻게? 어떻게!

방 안에 귀에 거슬리는 울음소리가 떠돈다. 나는 아마와 같이 쓰고 있던 보석함을 열어 피어스를 꺼냈다. 어제 막 2Ga로 바꾼 참이기 때문에, 도저히 그냥 들어갈 리가 없어서 짧고 각진 피어스를 골랐다. 대략 0Ga. 나를 보고 있던 시바 씨의 얼굴색이 변했다.

"너, 그거 0이지? 어제 겨우 4였잖아?"

시바 씨의 말에도 돌아보지 않고 거울을 향한 채 2Ga의 피어스를 뺐다. 0Ga의 피어스를 반쯤 끼우자, 정신이 아득해지는 듯한 통증이 온몸을 꿰뚫었다. 단숨에 끝까지 밀어넣었다. 시바 씨가 손을 뻗어왔지만, 피어스는 이미 내 혀에 쑥 박혀 있었다.

"대체 너, 뭐 하는 거야?"

시바 씨는 내 입을 벌리더니 미간을 좁히고 안을 들여다보았다.

"혀 내밀어봐."

말하는 대로 하자, 혀를 따라 핏방울이 바닥으로 떨어졌다. 눈물도, 떨어졌다.

"피어스 빼!"

내가 좌우로 고개를 흔들자, 시바 씨는 아주 낙심한 듯한 얼굴을 했다.

"무리해서 확장하지 말라고 얘기했잖아?"

시바 씨가 나를 끌어안았다. 시바 씨에게 안긴 것은 처음이었다. 나는 어찌할 바를 모른 채 그저 흘러나오는 피를 목구멍으로 꼴깍 삼켰다.

"나, 00이 되면 자를래요."

혀가 잘 돌아가지 않아 불분명하게 들리는 내 말은 아마의 웃는 얼굴처럼 바보스러웠다.

"그래, 그래, 알았어."

문득 정신을 차리고 보니 눈물이 멈춰 있었다. 아마는 나의 0Ga를 보면 뭐라고 할까? "이야, 멋진데!" 그렇게 말하며 활짝 웃어줄 것이다. "이제 얼마 안 남았네?" 틀림없이 그렇게 말하며 기뻐해줄 것이다.

가네하라 히토미, 『뱀에게 피어싱』
(슈에이샤 문고, 93~95쪽)[*]

---

[*] 이 부분의 한국어 번역은 정유리 옮김, 『뱀에게 피어싱』, 문학동네, 2004, 103~105쪽에서 발췌하였다.

테마를 설정하여 '다른 작품과 비교' 해본다

주인공 루이는 아마라는, 이른바 '어린아이가 그대로 어른이 된 것 같은' 젊은 남자와 동거를 하고 있지만, 아마의 나이 많은 친구이자 문신사인 시바에게도 매력을 느끼고 있다. 루이는 아마의 영향으로 혀에 피어스를 하게 되고 시바에 대한 관심으로 문신을 새기고 싶어한다. 아마는 루이를 건드린 폭력집단을 박멸하는데, 그런 아마가 행방불명이 된 상황을 나타내는 것이 바로 이 장면이다.

『뱀에게 피어싱』이 문예지 『스바루』에 게재되었을 때 일찍이 그것을 읽은 세토우치 자쿠초(瀨戶內寂聽)가 "읽고 있으면 다니자키 준이치로의 『문신』이 오버랩된다"고 감상을 피력한 것이 인상적이었다. 수련된 다니자키의 팬인 세토우치의 입장에서 그것은 최고의 찬사였을 것이다. 어떤 책을 읽다가 다른 책이 떠오르면 그것들을 비교하며 유사점과 상이점을 찾아내는 것도 슬로 리딩의 테크닉이다. 이 작품을 『문신』과 비교해보면 확실히 여러 가지가 눈에 띈다. 두 작품 모두 처녀작이며 신체개조를 주제로 다루고 있다. 한편, 당연히 두 작품은 서로 다른 작품이므로 차이점 또한 많다. 아무 곳이나 한 페이지만 펼쳐봐도

『문신』의 문체는 비단같이 찬란하고 화려한 데 비해 『뱀에게 피어싱』의 문체는 직설적이고 자유로우며 생생하여 그 차이가 역력하다. 설정도, 전자가 문신 새기는 일을 하는 세이키치(淸吉)라는 남자 주인공의 입장에서 이야기하고 있는 데 반해, 후자는 자기 몸에 문신을 새기는 '나(루이)'라는 여자 주인공의 입장에서 이야기하고 있다. 그 외에도 시대, 플롯, 등장인물 등 차이는 다양하다.

이런 경우에는 무작정 두 작품의 유사점과 차이점을 비교할 것이 아니라 테마를 설정하여 비교해보자. 예를 들어 신체개조라는 행위에 대해 살펴보자. 『문신』에서는 '빛나는 미녀의 피부를 얻어 거기에 자신의 혼을 새겨넣는' 일은 주인공의 '숙제'이고, 결과적으로 그는 그것을 성취한다. 이 이미지는 젊은 작가의 처녀작답게 창작에 대한 예술가의 '숙제'로 이해할 수도 있어, 예를 들면 일견 아무 상관 없는 작품 같은 가지 모토지로(梶井基次郎)의 『레몬檸檬』도, 마음속의 '불쾌한 응어리'가 이윽고 선명한 레몬으로 모습을 바꾸어 서점에 놓여 폭발을 일으키고 사회에 커다란 영향을 미친다는 의미에서 같은 계열의 작품으로 볼 수 있다. 이와 같은 연상의 자유를 소중히 하자. 물론 『문신』의 경우, 거기에다 여성의 신체에 대한 집착이 더해진다.

한편 『뱀에게 피어싱』은 어떤가? 소설에서는 피어싱과 문신 행위가 동시에 진행되는데, 이미 지적했듯이 전자가 아마와의 관계를 상징하고 후자가 시바 씨와의 관계를 상징한다는 구별이 매우 효과적으로 기능하고 있다. 이 대응관계를 잘 파악해두자.

일반적으로 피어싱과 문신 모두 신체개조라는 의미에서는 같아 보이지만, 전자는 주체적이고 장기적인 과정을 갖는 개조임과 동시에 가역적이며 복수화(複數化)가 가능한 익명의 사물(=피어스)을 수용하는 것인 데 비해, 후자는 수동적이고 단기적인 처리에 의한 개조이며 그럼에도 불구하고 불가역적이고 복수화가 불가능한 문신사의 작품이다. 그러나 소설에서는 그것이 뒤바뀌어, 피어싱은 아마의 설득을 받아들이는 형식을 취하고 있고 문신은 자신이 먼저 시바 씨에게 부탁하는 형식을 취하고 있다. 이것은 피어싱이 아마와의 동화를 목표로 하는 것인 데 반해 문신은 자기 표출인 것에 대응한다. 『문신』의 여자가 세이키치의 설득을 받아들여 자신 안에도 그런 부분이 있다는 사실을 깨닫고 최종적으로 문신을 소유해가는 과정과 비교해보기 바란다.

두 작품을 신체개조와 관련된 문화인류학적인 시각으로 살펴보면, 전 세계 모든 시대 모든 민족의 통과의례와도 비교할 수 있어 흥미롭다. 또한 그러한 주제를 취급하는 방법과 그 내용의 변화라는 의미에서는, 문학사의 전망 안에서 그 둘을 비교하는 것도 유익할 것이다. 세토우치의 감상은 이와 같은 관점에서 나온 것이다.

문장 표현을 '체감한다'

경솔하게 일반화하는 것은 삼가야겠지만, 여성작가들 중에는 신체감각으로 받아들인 것들을 논리 전개와 상관없이 독자의 심금을 직접적으로 울리는 말로 바꾸는 데 능한 사람들이 많다. 이 작품은 앞에서 살펴본 바와 같이 매우 견고한 구조를 취하고 있는데, 도처에 그와 같은 체감적 표현이 담겨 있다. 그 중심을 이루는 것은 가장 확실한 감각으로서의 '아픔'이다.

이 소설에서 '아픔'이 매우 효과적인 것은 주인공이 현실에 대해 항상 일정한 거리감을 유지하고 있기 때문이다. 예를 들어 아마의 폭력 현장을 마주하고도 "남자는 길바닥에 널브러져 있고, 아마의 눈에는 핏발이 서 있었다. 과연! 아마가 남자를 때려눕힌 거구나"라는 식으로 표현하고 있다. 그 때문에 작품의 중심에 위치하고 있는 혀의 '아픔'은 그녀의 가장 리얼한 감각으로서 두드러지고, 또한 그 리얼함을 통해 아마에 대한 사랑을 믿고자 하는 애절함이 짜릿하게 전해진다.

동시에 이물감도 중요한 테마이다. 문신은 상대의 표현을 직접적으로 수용하는 것이며, 그것에는 일종의 서열을 매길 수 있다. 루이는 시바에게 계속 '씨' 자를 붙여 부른다. 그러나 피어스는 아마와의 사이에 공통으로 가지고 있는 이물이며, 양자는 서열 없이 같은 장애를 공유하고 있는 상태이다.

이 이물감은 가령 간단하게 사회나 어른, 상식 같은 것의 비유로 바꾸어 생각할 수 있다. 그리고 그것이 '아픔'이라는 가장 리얼한 감각의 중심에 자리를 잡고, 그 리얼함으로 연인과 장애로서의 이물을 받아들이고 결합한다는 것이 이 소설의 핵심일 것이다.

예문 중 '빠진 이빨을 씹어 으깨 그대로 삼켰다' 란 부분에서도 보이듯이, 작품 속에서는 아마의 상실과 함께 이 이물을 자기 자신으로 동화해버리려고 하는 신이 반복되는 것이 인상적이다. 물론 이러한 이물의 수용과 출혈, '아픔'과 같은 이미지는 첫 경험의 아픔의 이미지에 비추어 생각해볼 수도 있다.

마지막으로는 기술(技術)적인 재미인데, 이 소설에서는 이 '아픔'의 증폭이 피어스의 게이지 급수에 따라 수치화되고, 그

것이 작품의 분위기 고조와 일치한다. 이러한 수법을 **점증법**(漸增法)이라 하며, 지카마쓰 몬자에몬(近松門左衛門)의 작품 등에서는 사랑에 빠진 남자의 빚의 증가로 같은 효과를 내고 있다. 이러한 세세한 기술도 놓치지 말고 읽어야겠지만, 무엇보다도 이 작품에서는 **체감**이 가장 중요한 슬로 리딩의 방법일 것이다.

◆ 히라노 게이치로의 『장송』

 다음 예문은 소설 중에서는 마지막으로, 편집부의 의향에 따라 필자의 자작에 대한 슬로 리딩을 시도해보고자 한다. 본인으로서는 어려운 일이지만 일례로 참고가 된다면 다행으로 생각하겠다.
 여기서 다룰 것은 『장송葬送』 제2부의 한 장면이다.

 제리코의 내면에는 항상 한 마리의 날뛰는 말이 있었다. 그것은 그가 수없이 그렸던 그림 속의 말처럼 정력이 넘치고 사납고 늠름하며 또한 극단적이었다. 그의 일생은 말하자면 자신 속의 그 날뛰는 말을 다루는 일이었다. 식사 때 그가 다급하게 음식을 몰아넣는 모습은 동석한 이들을 놀라게 했다. 눈앞에 접시가 나오면 누가 쫓아오기라도 하는 것처럼 눈 깜짝할 사이에 깨끗이 비워내고는 디저트가 나올 때까지의 짧은 시간을 기다리지 못해 "불로뉴 숲까지 뛰어갔다 온다!"하고는 맹렬한 기세로 식당을 뛰쳐나갔다. 그길로 돌아오지 않는 때도 있었다. 그런가 하면 채 십 분도 안 되어 말이 전속력으로 돌아오는 소리가 들리고, 오는 길에 말에서 떨어지기라도 했는지 온통 흙투성이가 되어 찢어진 옷자락을 붙잡고 다시 식당에 뛰어들기도 했다.

둘이서 불로뉴 숲까지 말을 타러 간 날들의 기억은 더욱 또렷하게 마음속에 남아 있었다. 제리코가 항상 자랑스럽게 끌고 다녔던 것은 그가 아니면 타지 못할 것 같은 사나운 수말이었다. 게다가 거의 안장에는 앉지도 않고 거리를 달릴 때도 등자(鐙子)에 서서 타기를 좋아했다. 숲속에서 격투라도 하듯이 고삐를 움켜쥔 채 동행한 사람은 돌아보지도 않고 마치 켄타우로스처럼 세차게 말을 달리는 제리코의 등뒤에서 뒤떨어지지 않으려고 필사적으로 그를 쫓아가며, 들라크루아는 그렇게 그가 화단에서도 구폐에 물든 화가들을 박차고 자신을 위해 한줄기 길을 열어줄 것이라는 기대를 수없이 가슴에 품었다. 그때 제리코가 곁에 있다는 것이 얼마나 마음 든든했던가. 다른 어느 누구도 아니었다. 오직 그만이, 아직 〈지옥의 단테와 베르길리우스〉를 발표하기 전인 일개 회화 학생의 재능을 단호하게 인정해주었다. 그만이 스스로도 어떻게 해야 할지 몰랐던 그 참혹할 정도로 격한 기질을 공감을 담아 이해해주었다. 그만이 결코 화단정치에 물들지 않고 변함없는 순수함으로 불우한 자신을 계속해서 격려해주었다. 그만이 게

랭의 아틀리에 밖의 누구에게 이야기해도 그저 냉소를 살 뿐
이던 회화에 관한 자신의 주장에 열심히 귀를 기울여주었다.
그의 아틀리에에 모르는 것을 물으러 찾아가면 언제든 시간
을 아끼지 않고 가르쳐주었다. 생활이 어려울 때는 자신이 따
온 일거리를 양보해주기까지 했다. 스무 살 때 맨 처음 자신의
초상화를 그려 보내준 것도 역시 그였다. 그에게는 결코 다른
사람은 흉내낼 수 없는 무구한 따뜻함이 있었다. 그 따뜻함에
얼마나 큰 도움을 받았던가. ······숲을 질주하는 그의 뒷모습
은 아름다웠다. 축복받은 청춘의 광휘가 가득해서 황홀할 만
큼 눈이 부셨다. 무분별한 외골수였다. 돌이켜 생각하면, 그
광휘의 강렬함만큼이나 너무도 위험하고 허망한 것이어서 그
는 언제나 가슴이 찢어지는 듯했다.

　제리코가 다름아닌 낙마 사고로 죽음을 맞았다는 사실은
그에게 견디기 힘든 슬픔을 주었다. 그것은 제리코 자신이 그
의 생에서 굴러떨어져버린 것처럼 돌연하고 돌이킬 수 없는
사건이었다. 마지막으로 병문안을 간 날, 그의 얼굴에는 이미
노인처럼 깊은 주름이 파여 있었다. 막무가내로 날뛰는 말에
게 마치 먹이를 포획한 매의 발톱처럼 단단하게, 채찍보다 민
감하게 자신의 의사를 전달했던 힘찬 두 다리는, 침대 곁에 멍

하니 서 있던 자신의 시든 나뭇가지처럼 빈약한 팔뚝만큼이나 가늘게 여위어 있었다. 남의 손을 빌려서야 가까스로 돌아눕던 그의 침대 주위에는 예전의 그 늠름하던 모습을 생생히 떠오르게 하는 수많은 작품들이 장식되어 있었다. 그 작품들은 자리에 누운 창작자는 거들떠보지도 않은 채 여전히 씩씩하고 젊었다. 그리고 그 어느 것 하나 창작자의 찬란한 영광을 약속해주지 않는 작품은 하나도 없었다.

히라노 게이치로, 『장송 下』
(신초 문고, 338~340쪽)*

'이미지의 중층성'을 놓치지 말자

『장송』은 쇼팽과 들라크루아라는 실재했던 두 예술가를 주인공으로 2월혁명 전후의 유럽 사회를 그린 장편소설이다. 인용 부분은 병상에서 죽음을 맞이하는 친구 쇼팽을 파리에 남기고 노르망디 항구에 보양하러 와 있던 들라크루아가 해변에서

---

* 이 부분의 한국어 번역은 양윤옥 옮김, 『장송 2』, 문학동네, 2005, 767~770쪽에서 발췌하였다.

혼자 사색에 잠겨 있는 장면이다. 이날 실제로 그가 페캉이라는 마을의 해변에 있었다는 사실은 그가 남긴 일기에서 확인할 수 있다.

나는 들라크루아가, 쇼팽을 걱정하며 오랜만에 찾은 도시에서 고인이 된 어머니와 친척, 지인들 생각에 잠긴 후 화가 제리코에 대해 생각하는 장면을 넣고 싶었다. 제리코는 프랑스 낭만파의 여명기에 등장한 화가로, 대표작 〈메두사 호의 뗏목〉은 특히 걸작으로 유명하여 본 적이 있는 사람들도 많을 것이다. 모르는 사람들도 화집이나 인터넷을 참조하면 이 부분의 이미지를 떠올릴 수 있을 것이다. 자료를 참조하는 것은 사전을 찾는 것과 마찬가지로 내용 이해에 많은 도움이 된다.

나는 당시의 자료를 읽다가, 그로에서 제리코를 거쳐 들라크루아에 이르는 프랑스 낭만파의 흐름에 깊은 관심이 생겨 세 사람 모두 무척 좋아하게 되었다. 그로에 대해서는 2월혁명 장면에서 자세하게 썼기 때문에, 이 장면에서는 사랑하는 사람들의 죽음이라는 테마에 맞춰 제리코에 대해서 꼭 써보고 싶었다. 단 작품상으로서는 이미 서서히 클라이맥스를 맞이한지라, 그 흐름을 끊을 정도로 길게 쓰고 싶지는 않았다. 그래서 짧지만 충분한 효과를 내기 위해, 나는 이미지의 중층성을 전개시키는 방법을 시도하기로 했다.

　인상적인 비유는 중층적이다. 예를 들어 이런 예는 어떨까?

　"나의 하루하루는 인쇄된 것과 같다."

　이 한 문장에서 사람들이 상상하는 것은, 구체적인 내용은 확실하지 않지만, 아마 아침에 일어나 출근해서 일을 하고 저녁 때 집에 와서 하루를 끝내는 것이 전부인 단조로운 생활일 것이다. '인쇄한 것 같은'이라는 비유는 '완전히 똑같다'라는 이미지를 단적으로 설명한다. 그러나 다음 문장이 아래와 같이 이어진다면 어떨까?

　"그렇지만 생활의 실감은 같지 않다. 인쇄를 많이 하면 잉크가 흐려지는 것처럼, 최근 나는 그같은 똑같은 일상의 반복을 이전보다 희박하게 느끼기 시작했다."

　그리고 이어서 다음과 같은 내용이 나온다.

　"그리고 불안감에 시달리며 자신의 생활을 다시 한번 들여다보면 뜻하지 않은 발견을 하는 때도 있다. 그렇다고는 해도 고작 오식(誤植)을 발견한 정도의 흥분이기는 하지만."

　비유가 먹혀들었다는 것은, 제출된 이미지(여기에서는 '인쇄')가 비유되고 있는 현실에 중층적으로 대응하고 있다는 것이다. 이는 꼭 위의 예처럼 명시적으로 전개되어야 할 필요는 없다. 생각해보니 그렇다, 하는 정도로 충분하다. 반대로 피상적인 비유란 이미지 중 극히 일부만이 살짝 겹칠 뿐 전체적으로 보면 오히려 대응하는 요소가 많지 않은 경우이다.

내가 여기에서 주목하고자 한 것은 '말'이었다. 제리코의 그림에는 활기차게 약동하는 말의 모습이 많이 등장하는데, 많은 사람들이 알고 있는 그 이미지를 사용하면 짧은 기술 속에서도 작품이 그의 인간상을 선명하게 환기시켜줄 것이라고 생각했다.

첫 부분의 "제리코의 내면에는 항상 한 마리의 날뛰는 말이 있었다"에는 작품의 이미지를 그의 내면으로 연결시키고자 하는 의도가 있었다. 그리고 "그의 일생은 말하자면 자신 속의 그 날뛰는 말을 다루는 일이었다"처럼, 성격에서 그 인생 자체로 비유의 범위를 확장시켰다. 여기에서 그려지고 있는 것처럼 그가 무슨 일이든지 과잉된, '죽음을 서두르는' 듯한 타입이었다는 증언은 적지 않게 남아 있다.

'둘이서 불로뉴 숲까지 말을 타러 간~'으로 시작되는 단락은 그의 작품이 아니라 실제로 그가 말을 부리는 광경을 그린 것이다. 이 사실 역시 들라크루아의 일기에서 확인할 수 있다. 그 묘사는 방금 전에 나온 그의 생애의 이미지를 보다 더 구체화한다. 더 나아가 '켄타우로스처럼'이라는 비유로, 그러한 그

의 기질과 그것을 극복해야 하는 인생이 숙명적이라는 인상을
주고 있다.

"그렇게 그가 화단에서도 구폐에 물든 화가들을 박차고 자신
을 위해 한줄기 길을 열어줄 것이라는 기대를 수없이 가슴에 품
었다"는 당시 낭만주의라는 참신한 스타일로 화단의 선구자로
서 질주하고 있던 그의 이미지를 나타내고 있으며, 특히 그것이
그를 선배로서 사모하고 있던 들라크루아의 눈에 어떻게 보였
는지를 기술한 것이다. 그것은 "숲을 질주하는 그의 뒷모습은
아름다웠다"로 강조된다. 젊음, 아름다움, 거칢…… 그러한 매
력은 동시에 그와 그의 인생의 매력으로 해석해도 좋을 것이다.
이 불로뉴 숲의 승마 신은 짧으면서도 내가 가장 애착을 느끼는
장면이다.

제리코는 실제로 낙마 사고가 원인이 되어 불과 서른세 살의
젊은 나이로 요절했다. 내가 말을 비유로 사용하려는 생각을 하
게 된 것도 말에서 떨어진 것이 인생의 종언으로 연결되었다는
사실(史實) 때문이었다. 그는 자신의 거친 성격을 말을 다루듯
조절하며 인생을 달려나가려 했다. 그리고 실제의 낙마 사고는
그의 인생 자체로부터의 전락을 의미하기에 이른다. 그가 쇠약
해진 것은 '막무가내로 날뛰는 말에게 마치 먹이를 포획한 매

194

의 발톱처럼 단단하게, 채찍보다 민감하게 자신의 의사를 전달했던 힘찬 두 다리'가 무참하게 야위어버렸다는 상태의 변화로 표현했다.

그와 같은 제리코의 일생의 압축적, 통일적 표현을, 나는 비유의 힘에 기대했다. 말의 이미지가 없었다면 이 신은 산만한 사실의 열거로 끝났을 것이다. 그리고 이것이 가능했던 것은, 들라크루아라는 한 인물의 회상이라는 설정에 의해 일관성 있는 인간상을 제시할 수 있었기 때문이다.

'작자에 대한 반감'이 머리를 작동시킨다

어느 소설이나 그렇겠지만, 작자와 독자 양측의 등장인물에 대한 느낌이 꼭 일치하는 것은 아니다. 주인공이 기대대로 행동해주지 않아서 실망하는 경우도 자주 있을 것이다.

『장송』같이 실재했던 인물에서 제재를 취한 소설의 경우, 사전에 그들에 대한 지식이 있다면 작자의 묘사에 반감을 느끼는 경우도 있을 것이다. 『장송』이 나온 후에는, 조르주 상드에 대한 묘사가 너무 부정적인 것 아니냐는 비판을 꽤 많이 들었다. 상드는 확실히 전 생애를 통틀어서 보면 상당히 흥미로운 인물이지만, 이 소설의 무대인 2월혁명에 관해서는 그녀 자신이 보낸 서간 등의 자료에 어긋나지 않는 한 일관되게 그런 식의 입장을 취하고 있었다. 하지만 작자인 내가 그녀에게 아무런 공감도 하지 않았던 것은 아니다.

어쨌든 책과 친해지는 것은 좀처럼 쉬운 일은 아니다. 왜 이렇게 썼을까 하며 의문을 품는 것은 설령 그것이 반감에서 나왔다 하더라도 건전한 것이다. 그 의도를 탐구하는 것은 작자라는 타자를 이해하는 길로 통한다. 그리고 이렇게 쓰는 게 더 좋지 않았을까 하는 발상은 독자의 창조성을 시험해줄 것이다.

소설의 등장인물은 집필하는 동안은 분명 작자만의 것이지만, 발표 후에는 모든 사람의 것이다. 현실의 인물에 관해 '그 사람은 그런 말을 할 사람이 아니다'라는 말을 할 수 있는 것처럼, 소설의 인물에 관해서도 '그가 그런 말을 할 리가 없다. 내가 작자보다 이 사람에 대해 잘 알고 있다'고 말할 수 있다. 실제로 어떤 사건에 직면한 등장인물이 어떤 행동을 취하고 어떤 생각을 할지에 대해 작자 자신도 많이 고민하며 생각을 한다. 그렇게 해서 결과적으로 어떤 행동이 채택된다. 그러나 더 적합한 다른 언동이 있을 수도 있다.

그런 생각을 바탕으로 실제로 글을 쓰기 시작한다면, 그것이

계기가 되어 창작에의 길이 열리기도 한다. 갑작스런 설정으로 시작하는 것은 힘들겠지만, 이미 있는 설정을 빌린다면 장애물은 훨씬 낮아질 것이다.

물론 『해리 포터』 시리즈의 광적인 팬들처럼 주인공을 죽이지 말라며 작자를 협박하는 것은 분명 지나친 처사지만 말이다.

싫증이 나면 쉰다

여기에서 다룬 장면은 원고지로 환산하면 대략 일곱 매 정도이다. 완성하는 데 걸린 시간은 삼 일 정도였을 것이다.

나는 슬로 리더인 동시에 슬로 라이터이다. 하루에 몇십 매씩은 쓰지 못한다. 언젠가 시마다 마사히코(島田雅彦)와 다카하시 겐이치로 셋이서 이야기를 한 적이 있었는데, 그때 "하루에 사오 매 정도 쓰면 오늘은 일이 잘 되었다고 느낀다"고 했더니 두 사람 역시 그 정도라고 했다. 나는 안도하며 가슴을 쓸어내렸다.

세 사람 모두의 공통점은 휴식을 상당히 자주 취한다는 것이다. 나는 글쓰기를 대략 삼십 분 정도밖에 지속하지 못한다. 그 정도 쓰면 삼 분에서 오 분은 쉰다. 이것이 가장 효율적으로 집중력을 유지하는 방법이다. 그렇게 반복한다면 하루에 열 시간 넘게도 책상 앞에 앉아 있을 수 있고, 또 생각도 산만해지지 않는다. 반대로 억지로 두 시간 연속해서 집필하려 하면, 도중에 속도가 눈에 띄게 느려지고 그후의 휴식도 한없이 길어진다.

소설 집필이라는 작업은 어찌 보면 마라톤처럼 보이지만 실제로는 단거리 달리기의 반복이다. 지속 가능하도록 힘을 조절하며 써나가도 긴장감 있는 작품이 되기 힘들다. 숨쉬는 것도 잊을 만큼 집중해서 도전했다가 쉬고 또다시 도전했다가 쉰다. 그런 반복만이 진정으로 작품을 연마하여 충실하게 만들어줄 것이라 믿는다.

작가가 그렇기 때문에, 독자 역시 읽다가 지쳤을 때는 당연히 **책을 덮어야** 한다. 억지로 읽으려고 해봤자 절대로 머리에 들어오지 않는다. 들어오기는커녕, 피로와 불쾌감은 내용 자체를 왜곡시켜버릴 것이다.

◆ 푸코의 『성의 역사 1 ─ 앎의 의지』

이제 슬로 리딩에 대한 이해도 상당히 깊어졌을 테니, 마지막은 응용편으로 조금 성격이 다른 예문을 다루어보자.

예문으로 선택한 것은 미셸 푸코의 『성의 역사 1 ─ 앎의 의지』이다. 프랑스 구조주의 철학자인 푸코는 현대사상에 특별히 관심이 없는 사람에게는 별 상관없는 존재일지도 모르지만, 지금까지 실천해온 슬로 리딩의 테크닉이 어느 정도 유효한지 시험해보는 기분으로 도전해보기 바란다.

여기에서 다루는 문장은 아마 난해한 느낌이 들겠지만, 그래도 포스트모던 사상가가 구사하는 아크로바틱한 비유가 없고, 딱딱한 문체와 엄격한 논리구성에, 독일계 사상가와는 달리 샴페인 축구 같은 화려함도 있어, 읽기에 충분히 매력적인 문장이다. 그리고 번역이 뛰어나다는 점도 푸코의 저서 중에서도 특히 이것을 예로 든 이유이다.

여기서는 축자적 독해보다는 보조선이나 메모 같은 작업을 중심으로 슬로 리딩을 시도해보겠다.

교육제도가 어린이와 사춘기 소년들의 성에 대대적으로 침묵을 강요했다는 것은 정확하지 않을 것이다. 오히려 그것은 18세기 이래 이 문제에 대한 담론의 형태를 세분화했다. 그것은 성을 위해 성이 자리잡아야 할 여러 가지 설치점을 확립했다. 그것은 내용을 코드화시켰고 화자의 자격을 정했다. 어린이의 성에 대해 말하고, 그것에 대해 교육자에게, 의사에게, 행정관에게, 부모에게 말하게 하며, 혹은 그것에 대해 그들에게 말하고, 어린이들 자신에게 말하게 하며, 또한 어린이들을 담론의 그물망 속으로 집어넣었으며, 그러한 담론의 그물망은 어떨 때는 어린이들에게 말을 걸고 어떨 때는 어린이들에 대해 말하고, 어떨 때는 어린이들에게 규범적인 지식을 강요하고, 어떨 때는 어린이들을 기점으로 하며, 또 어린이들은 잘 알 수 없는 하나의 지식을 형성한다. ─이러한 모든 것은 권력의 강화와 담론의 증대가 서로 연결되게 한다. 어린이와 사춘기 소년의 성은 18세기 이후 중요한 쟁점=목적이 되었으며 그것을 둘러싼 무수한 제도적 장치와 담론의 전략이 전개되었다. 확실히 어른으로부터 그리고 어린이 자신으로부터 성에 대해 말하는 어떤 방법은 박탈되었을지도 모른다. 그렇게 성에 대해 말하는 방법을 직접적이고 노골적이며 천박한 것이라고 하며 부정한 경우도 있을 수 있다. 그러나 그것은 다른 담론이 기능하기 위한 대가, 아니 어쩌면 조건이었던 것이며, 그러한 다른 담론이라는 것은 다양하게 뒤얽혀 있고 미묘한 계층구조로 엮여 있으며 더구나 모든 것이 권력관계의 다발을 중심으로 강하고 견고하게 짜여 있다.

미셸 푸코, 『성의 역사 1―앎의 의지』
(신초샤, 와타나베 모리아키渡辺守章 옮김, 39~40쪽)

어려운 평론은 '보조선을 긋는다'

자, 어떤가? 전혀 이해가 안 된다는 사람도 있는가 하면 의외로 대충 이해는 된다는 사람도 있을 것이다. 익히 조예가 깊은 사람이라면 『성의 역사 2―자기에의 배려』보다 이것이 푸코의 문체에 가깝다고 느꼈을 것이다.

푸코의 사상적 업적은 다양하지만 가장 높은 평가를 받는 것은 권력 분석일 것이다. 우리는 일반적으로 권력이라는 것을, 가령 국가권력처럼 위에서부터 우리를 압박하는 커다란 것으로 생각한다. 그러나 푸코는 그러한 이미지를 뒤엎고 권력을 일대일의 대인관계 레벨에서 세세하게 추구했으며, 오히려 권력은 아래에서부터 위로 쌓아올라가는 것이라고 처음으로 설파한 사람이다.

이와 같이 사회통념을 무너뜨리는 새로운 설을 주장하는 사람의 문장 스타일이라는 의미에서 위 예문은 하나의 본보기가될 것이다. 패턴으로 보면 우선 통설을 설명하고 이어 그것을 부정하며 자신의 주장을 전개하는 식이다. 이때, '그러나'와 '하지만'과 같은 역접의 접속사에 착목하는 테크닉의 중요성이 강조된다. 일단 통설을 독자에게 확인시킨 후 그것을 부정할 때에는 반드시 역접 접속사가 필요하기 때문이다. 그 경우 '통설→역접 접속사, 부정→자신의 주장'이라는 형식이 된다. 이러한 형식을 확실하게 머릿속에 넣어두자. 『앎의 의지』에서는 전편에 걸쳐 집요할 정도로 이런 논법이 반복되고 있다. 이것은 일종의 설득기술이다.

예문을 보도록 하자. 우선 첫 문장 다음에 '오히려'라는 말이 있다. 알기 쉽게 ◇로 표시를 해두자. 이것은 당연히 전후의 주장이 대립되고 있음을 나타낸다. 그리고 그 직전이 '정확하지 않을 것이다'라고 되어 있는 이상, 앞 문장은 부정해야 할 통설이다. 이곳은 ( )로 묶어두고 이 '정확하지 않다'에 이중으로 밑줄을 그어두자. 왜냐하면 필자의 주장은 '오히려'로 이어지는 문장, 즉 '그것은 18세기 이래 이 문제에 대한 담론의 형태를 세분화했다'라는 부분이기 때문이다. 이곳에 밑줄을 긋고 또 '그것은'이라는 주어에 ○표를 해두자. 이것은 물론 '교육제도'를 뜻하므로, 이것에도 ○표를 해두고 선으로 연결시킨다. 내용을 더 명확하게 하기 위해, 뒤이어 같은 '교육제도'를 받는 '그것은'으로 시작되는 문장이 두 개 나란히 놓인다. 모두 '그것은'에 ○표를 해두고 처음의 '그것은'과 줄로 연결시킨 후, 내용을 「   」로 묶어둔다. 그러면 '오히려'를 사이에 두고, 앞에는 통설을 부정하는 문장이 하나 있고, 뒤에는 그러면 실제로는 어떠어떠하다고 하는 자신의 설이 주요한 견해에 덧붙인 두 가지 보조 설명으로 면밀하게 전개되는 형식이 시각화된다. 이로써 무엇을 부정하고 무엇을 주장하는지가 명확해질 것이다.

이어지는 '어린이의 성에 대해 말하고, ~지식을 형성한다'의 부분은 앞에서 주장한 내용을 구체화한 것이다. 이것도 차트화해두자. '어린이의 성에 대해 말하고, 그것에 대해~'의 '그것'은 물론 '어린이의 성'이므로, 두 개 모두 ○표를 하여 혼란을 일으키지 않도록 선으로 이어둔다. 다음에 나오는 '그것'도 마찬가지이다. 내용상으로는 '또한'의 앞에서 일단 끊어진다. '어린이의 성~말하게 하며'를 〔 〕a로 묶고, '또한'을 결과로 논지가 전개되고 있다는 의미에서 ▷로 묶어두자. 즉 결과는 '어린이들을 담론의 그물망 속으로 집어넣었으며'이다. 이것도 〔 〕b로 묶는다. 이어지는 '그러한 담론의 그물망'의 '그러한'은 〔 〕a의 내용이다. ○로 묶어서 다시 연결해둔다. 또 '그러한 ~형성한다'를 〔 〕로 묶어두자.

이것들을 받아서, 문장 안에 '―'가 나온다.

이것은 '―'이전의 〔 〕a, b, c가 무엇을 의미하고 있는지를 정리하기 위한 표시이다. '이러한 모든 것'은 〔 〕a, b, c의 내용이며 '~되게 한다'까지를 우선 일괄하는 것이다. 여기까지 밑줄을 그어두고 밑줄 끝에는 →표를 해두자. 주장은 다음 문장까지 계속되기 때문이다. 다음 문장에도 마찬가지로 '~전개되었다'까지 밑줄을 긋는다. '그것을 둘러싼'의 '그것'은 물론 '어린이와 사춘기 소년의 성'이다. 또한 '권력의 강화와 담론의 증대'에 □를 하고, 다음의 '제도적 장치와 담론의 전략'에도□를 하여 그 둘의 대응관계를 확인해둔다.

그 다음에 '확실히'라는 말이 나온다. 이는 자신의 의견에 대해 반론이 나올 것이 예상될 때, 작가 자신이 먼저 그것에 대해 언급하여 반론을 준비할 때 사용한다. 이 말에는 대개 통설이 이어진다. '어른으로부터~부정한'을 ( )로 묶어두자. 그리고 그와 짝을 이루는 것이 '그러나'이다. 이것은 ◇. 그리고 다음에 나오는 것이 필자의 주장이다. 밑줄을 긋고, 그 김에 '그것은'이 '그러나'보다 앞에 있는 통설 전체를 받고 '다른 담론'이 〔 〕a, b, c임을 확실히 확인해두자.

그렇게 해서 완성된 것은 다음과 같다. 인쇄 형편상 검은색이지만, 실제로는 빨간색처럼 눈에 잘 띄는 색깔의 펜을 사용하는 것이 좋을 것이다.

(교육제도가 어린이와 사춘기 소년들의 성에 대대적으로 침묵을 강요했다고 하는 것)은 정확하지 않을 것이다. 오히려 그것은 18세기 이래 이 문제에 대한 담론의 형태를 세분화했다. 그것은 「성을 위해 성이 자리잡아야 할 여러 가지 설치점을 확립했다.」 그것은 「내용을 코드화시켰고 화자의 자격을 정했다.」 어린이의 성에 대해 말하고, 그것에 대해 교육자에게, 의사에게, 행정관에게, 부모에게 말하게 하며, 혹은 그것에 대해 그들에게 말하고, 어린이들 자신에게 말하게 하며), 또한 〔어린이들을 담론의 그물망 속으로 집어넣었으며〕, 〔그러한 담론

의 그물망은 어떨 때는 어린이들에게 말을 걸고 어떨 때는 어린이들에 대해 말하고, 어떨 때는 어린이들에게 규범적인 지식을 강요하고, 어떨 때는 어린이들을 기점으로 하며, 또 어린이들은 잘 알 수 없는 하나의 지식을 형성한다.] ─이러한 모든 것은 권력의 강화와 담론의 증대가 서로 연결되게 한다. 어린이와 사춘기 소년의 성은 18세기 이후 중요한 쟁점＝목적이 되었으며 그것을 둘러싼 무수한 제도적 장치와 담론의 전략이 전개되었다. 확실히 (어른으로부터 그리고 어린이 자신으로부터 성에 대해 말하는 어떤 방법은 박탈되었을지도 모른다. 그렇게 성에 대해 말하는 방법을 직접적이고 노골적이며 천박한 것이라고 하며 부정한) 경우도 있을 수 있다. 그러나 그것은 다른 담론이 기능하기 위한 대가, 아니 어쩌면 조건이었던 것이며, 그러한 다른 담론이라는 것은 다양하게 뒤얽혀 있고 미묘한 계층구조로 엮여 있으며 더구나 모든 것이 권력 관계의 다발을 중심으로 강하고 견고하게 짜여 있다.

'상식에 대한 도전'을 시각화한다

여기에서는 최대한 자세히 보조선을 그었는데, 가령 주어와

대명사를 연결하는 선 같은 것은 이미 알고 있다면 필요 없을 것이다.

보기에 어떤가. 난해한 문장이라고 생각했던 것이 기본적으로는 <>표를 사이에 두고 '(일반론) VS 푸코의 논지'라는 하나의 덩어리로 이루어져 있으며, 그 패턴이 반복되고 있다는 것을 시각적으로 알 수 있다. 만약 이것을 더 선명하게 하고 싶다면 일반론을 파란색, 푸코의 이론을 빨간색으로 구별한다. 그리고 푸코의 책 한 권을 그런 방침으로 차트화해가면, 매우 선명하게 전체가 '(일반론) VS 푸코의 논지' 식으로 색깔별로 구별될 것이다. 이것은 『금각사』에서 살펴본, 대화에 의한 사상대결 방법이며, 만약 파란색으로 표시된 부분과 빨간색으로 표시된 부분을 각각 의인화하여 대화하게 한다면 격렬한 논쟁 장면이 될 것이다. 동시에 이러한 '일반론'이란 독자의 목소리를 끌어들인 것이며, 이 파란색 대 빨간색의 대결은 사회의 '상식'에 대한 필자의 도전을 시각화한 것이다.

17세기까지는 어린이들 주변에 성에 대한 말이 넘쳐나고 있었지만 19세기 이후에는 그런 말이 줄어들었다. '어린이는 그런 징그러운 이야기를 하면 안 된다'고 부모와 교사들이 주의를 주었기 때문이다. 이러한 생각은 우리도 '상식'으로 납득하고 있다. 그러나 그렇다고 해서 어린이들이 침묵했다는 것은 아니다. 노골적이고 직접적인 '음담패설'은 금지되었지만, 그 대신 어른들에 의해 컨트롤된 성 지식에 대한 이야기는 오히려 흘러넘쳐 어린이들을 옭아맸으며, 결과적으로 성에 대한 이야기는 증가했다. 그리고 그것은 교사와 의사, 행정관, 부모들이 권력을 휘두를 때의 근거로서 기능해왔다.—이것이 푸코의 주장이다. 예문은 그와 같은, 당시로서는 충격적인 분석이 매우 선명하게 나타난 부분으로, 접속사에 착목하여 보조선을 그으며 슬로 리딩하면 일견 '속수무책'일 듯한 철학서도 의외로 이해가 잘 될 것이다. 그 스릴을 실감해보기 바란다.

문장을 쓸 때 참고로 삼는다

슬로 리딩을 통해 이러한 논의의 구조를 파악해두면 당연히 자신이 문장을 쓸 때에도 참고가 된다. 예문에서 본 '일반론→부정→자신의 의견'이라는 틀은 설득기술의 전형적인 패턴이며, 친구나 부모와 대화할 때나 비즈니스 자리 등 언제 어디서나 사용할 수 있다. '일반론'의 자리에 상대의 주장을 집어넣으면 다양한 국면에서 응용할 수 있다. 그 다음에는 부정을 하고,

자신의 논지를 전개하는 것이다. 그러기 위해서라도 우선은 상대방이 말하고자 하는 바를 정확히 이해하는 능력을 길러두어야 한다.

방금 전 예문에서도, 만약 이 틀을 따르지 않고 푸코가 오직 자신의 논지만을 이야기했다면, 읽는 도중 반론할 수 없는 욕구불만으로 독자의 '상식'은 폭발해버릴 것이다. 그리고 글을 다 읽은 후에는 '그게 아니라 이런 것 아닌가?' 하는 반론을 산더미처럼 쌓아놓고, 그의 주장을 부정한 채 두 번 다시 그 책을 들여다보지 않게 될 것이다. 그러나 주장을 전개할 때마다 일일이 '이렇게 생각하고 있겠지'라고 그에 대한 반론을 제시하고, '그렇지만 그렇지 않다. 이러이러하다. 왜냐하면 이러이러하니까'라고 논파해나간다면 결국에는 설득당할 것이다. 그런 의미에서 푸코의 이 텍스트는, 참신한 사상을 전개하고 있음에도 불구하고 플라톤의 대화편에서 볼테르와 디드로 같은 사람들의 철학문답 소설에 이르기까지, 유럽의 전통적인 텍스트 스타일을 완전히 답습하고 있다.

우리도 회의 등에서 일방적으로 자신의 논지만을 주장하는 사람에게서는 아무런 설득력을 느끼지 못한다. 그리고 주위의 반론을 이해하지 못하고 버럭버럭 소리만 지르는 사람도 상대하고 싶지 않을 것이다. 논쟁을 매끄럽게 하기 위해서는 '상대의 의견→이해→그러나, 부정→자신의 논지 전개'라는 형식이 가장 효과적이다. '확실히 그런 견해도 있겠지요. 그렇지만~' 하고 선수를 치는 것도 한 가지 방법이다. 그리고 상대에게 반론을 당했을 때 일단 그에 대한 이해를 표시하고, '잘 알았습니다. 실제로도 그렇다고 생각합니다. 다만 이 경우에는~'이라는 형식을 따르면, 상대의 자존심도 살려주고 논쟁의 결과가 대인관계에 영향을 미칠 염려도 없어진다.

실은 이 기술은 조금 교활하게 사용할 수도 있다. 푸코도 약간 그런 아쉬움이 없지는 않은데, '일반론(상대의 주장)→반론'의 '일반론' 부분에, 일반론처럼 보이지만 자신의 주장으로 쉽게 반박할 수 있는 주장을 슬쩍 집어넣는 것이다. 마찬가지로 '당신이 말씀하시는 것은 이런 것이죠? 알았습니다. 그렇지만~' 하는 식으로, 실제로는 그렇지 않다는 견해에 상대를 끌어들이는 방법이 있다. 물론 너무 동떨어진 이야기라면 '아니, 그렇지 않지'라고 부정하겠지만, 듣는 이의 눈을 속일 만한 교묘한 표현이나 어려운 표현을 사용하면 무심코 동의하게 될 뿐만 아니라 자신의 주장도 아닌 주장에 대한 논박에 설득을 당하게 되는 재미있는 상황이 벌어지게 된다. 이러한 방법을 활용하는 것을 권장하는 것은 아니지만, 되레 그런 설득기술에 넘어가지 않도록 경계하기 위해서라도 머릿속에 기억해두기 바란다.

마치며

    이렇게 해서 지금까지 '기초편' '테크닉편' '실천편' 으로 나누어 '슬로 리딩'에 대해 살펴보았는데, 다 읽은 후 어떤 인상을 받았는지 궁금하다.

    다 알고 있는 이야기뿐이었다는 사람에게는, 유감스럽지만 이 책은 별로 도움이 되지 않았을 것이다. 그러나 그런 사람도 '실천편'에서는 저도 모르게 지나치고 읽은 부분이 있다는 사실을 깨달았을지도 모른다.

    반대로 지금까지 막연하게만 생각하고 있던 '책을 읽는 방법'에 대해 여러 가지 발견을 할 수 있었다, 혹은 다시 생각해보는 계기가 되었다고 생각한다면, 이 책의 목적은 달성되었다고 생각한다.

사람에 따라서는 이렇게 번거롭게 여러 가지 생각을 해가면서까지 책을 읽어야 하나 싶은 사람도 있겠지만, 그와 같은 것은 말하자면 모두 습관이다. 굳이 항목을 세워 구체적으로 세세하게 해설을 해나가다보니 너무 거창한 이야기처럼 들렸겠지만, 실제로 이 책을 읽은 후 슬로 리딩에 도전해보면 애써 의식하지 않아도 자연스럽게 책을 읽는 포인트를 자각하게 되었다는 것을 알게 될 것이다.

　감히 솔직히 말하자면, 책이라는 것은 원래 무엇을 어떻게 읽든 상관없는 법이다. 그러나 이왕 읽는 것이라면 즐겁고 빈틈없는 독서가 좋지 않은가. 나는 한 사람의 작가이기 이전에, 훨씬 더 오랜 시간 동안 한 사람의 독자였다. 그리고 그 동안 나 나름대로 고민을 하며 생각해내어, 경험상 이것은 유효했다고 생각되는 독서법만을 이 책에서 소개하기로 한 것이다.

　다음으로 손에 잡은 책이 지금까지와는 다른, 완전히 새로운 독서 체험의 시작이 된다면 나로서는 더없는 기쁨이 될 것이다.

2006년 7월 14일
히라노 게이치로

옮긴이의 말

    히라노 게이치로는 교토 대학 법학부에 재학중이던 당시 스물넷의 나이로 장편소설 『일식』을 발표, 신인 작가의 등용문인 아쿠타가와 상을 수상하면서 화려하게 등단한 작가입니다. 특히 그는 해박한 지식과 화려한 의고체 문장, 섬세하고도 날카로운 시각으로 문단의 주목을 받고 있습니다. 이 책은 그러한 히라노의 문학세계를 가능케 한 저력의 근원이 바로 그가 말하는 슬로 리딩에 있음을 알 수 있게 해줍니다.

    21세기를 맞이하여 나타난 뚜렷한 문화현상으로 텔레비전, 인터넷, 게임, 영화, 만화 등이 인간의 여가생활을 지배하는 시대로의 변화—즉, 문자 시대에서 영상매체 시대로의 변화—를 들 수 있습니다. 컴퓨터와 인터넷의 발달로 정보를 언제 어디서나 쉽게 손에 넣을 수 있고 보관할 수도 있기에 책이라는 미디어가 완전히 사라질 것이라는 예측마저 나돌 정도였습니다. 실제로 이 책에서 히라노 게이치로가 이야기하고 있듯이 요즘에는 어른이고 아이고 할 것 없이 책에서 멀어지고 있는 것이 사실이고, 이를 우려하는 목소리도 곳곳에서 들려옵니다.

그러나 한편으로 대학입시를 준비하는 청소년들에게는 논술이라는 과제로 그 어느 때보다 독서의 중요성이 강조되고 있고, 그 결과 유치원생, 초등학생까지 독서지도학원에 다니는 기현상도 벌어지고 있습니다. 이러한 현상은 청소년에게 양서를 접할 기회를 제공한다는 점에서 긍정적일 수도 있겠지만, 그와 같이 양을 추구하는 독서는 청소년들이 즐거움이나 지적 호기심이 아니라 의무감으로, 즉 입시준비의 일환으로 부모님이나 학교에서 정해주는 책을 읽게 되어 오히려 독서에서 멀어지는 원인이 되지 않을까 하는 우려를 낳고 있는 것도 사실입니다.

히라노가 추구하는 슬로 리딩은 바로 이런 양을 중시하는 독서의 폐단에서 벗어나, 정서를 풍요롭게 하고 지적 호기심을 충족시켜 진정으로 정신을 살찌우는 것을 목표로 하는 독서법입니다. 이것이 우리가 책을 읽는 근본적인 이유이자 목적이라는 점에 대해서는 누구도 이의를 제기하지 않을 것입니다.

그러나 히라노가 말하는 슬로 리딩, 즉 내적인 필요성에 의해 독서의 범위를 넓히고 깊이를 더해가는 독서법을 구체적으로 실현하는 방법은 어디에서도 배울 기회가 없었습니다. 결과적으로 우리는 책을 읽고 정신의 지평을 넓혀가는 독서 본연의 즐거움보다는 유명한 책을 얼마나 많이 읽었는가 하는 외적인 즐거움을 추구하게 된 것입니다. 이 책은 이렇듯 어느새 겉핥기식으로 독서하게 된 독자들에게 진정한 책읽기의 즐거움을 일깨워줍니다. 책은 천천히 음미하며 읽어야 한다는 것은 너무도 당연한 말이지만, 걸음마를 모르고서는 달리기를 할 수 없습니다. 천천히 음미하며 읽는 것이야말로 우리가 잊고 있었던 진짜 독서인 것입니다.

독자 여러분도 작가이자 성실한 독서가인 히라노가 주장하는 슬로 리딩에 귀 기울여, 그 방법을 이해하고 실천함으로써 정신을 살찌우고 지식을 풍요롭게 하는 독서법을 터득하길 바랍니다.

2008년 3월
김효순

지은이 **히라노 게이치로**
1998년 문예지 『신조』에 권두소설로 전재된 장편 『일식』으로 제120회 아쿠타가와 상을 수상하며 데뷔했다. 소설집 『방울져 떨어지는 시계들의 파문』 『당신이, 없었다, 당신』, 장편소설 『달』 『장송』 『얼굴 없는 나체들』, 산문집 『문명의 우울』 등이 있다.

옮긴이 **김효순**
고려대 일문과와 동대학원을 졸업하고 쓰쿠바 대학 문예언어학과에서 박사학위를 취득하였다. 현재 고려대일본학연구센터 연구교수로 재직중이다. 지은 책으로 『일본의 근대화와 일본인의 문화관』 『번역과 일본문학』(공저)이 있고, 옮긴 책으로 『논술내비게이션』 『나는 고양이로소이다』(편역) 등이 있다.

문학동네 교양선

책을 읽는 방법

1판 1쇄 │ 2010년 3월 14일
1판 19쇄 │ 2022년 12월 30일

지은이 히라노 게이치로 │ 옮긴이 김효순
책임편집 양수현 이연실 │ 디자인 김리영 유현아
저작권 박지영 형소진 이영은 김하림
브랜딩 함유지 함근아 김희숙 고보미 박민재 박진희 정승민
마케팅 정민호 이숙재 박치우 한민아 이민경 안남영 왕지경 김수현 정경주 김혜원
제작 강신은 김동욱 임현식 │ 제작처 영신사

펴낸곳 (주)문학동네 │ 펴낸이 김소영
출판등록 1993년 10월 22일 제2003-000045호
주소 10881 경기도 파주시 회동길 210
전자우편 editor@munhak.com │ 대표전화 031)955-8888 │ 팩스 031)955-8855
문의전화 031)955-2689(마케팅) 031)955-3571(편집)
문학동네카페 http://cafe.naver.com/mhdn
인스타그램 @munhakdongne │ 트위터 @munhakdongne
북클럽문학동네 http://bookclubmunhak.com

ISBN 978-89-546-0520-5 03830

www.munhak.com